笑ふ戦国史

藤井青銅

芸文社

はじめに

もっと人間くさい戦国史を！〜織田信長語る

❖登場人物

◆**織田信長**（元・戦国武将）

◆**インタビュアー**（元テレビ局の女子アナで、結婚を機に退職。現在フリーアナとして活躍中）

――本日は、天国から織田信長さんをお招きしました。

信長　天国？　天国ってのはバテレンのものじゃないのか？

――あ。…では、極楽から？

信長　極楽は一向宗の言葉だろっ！　俺は宗教が嫌いなんだよ！

――あ、あ…。どうもすみません。

信長　俺が死んだら、勝手に戒名なんかつけやがって。なんだよ、総見院殿贈一品大相国泰岩大居士…って。読めねえよ！

――あいかわらず怒りっぽいですね。

信長　怒りついでに言うとな、俺はこの手の歴史本で、気に入らないことがある。

――なんでしょう？

信長　たいていの場合、織田信長（１５３４〜１５８２）
豊臣秀吉（１５３７〜１５９８）
徳川家康（１５４２〜１６１６）

なんて書かれるだろ？

——ええ。普通、そうですね。

信長　なんつーかなぁ…、そんな数字ばっかり並べられても、人間らしさが伝わらないんだよ。たとえば、俺が全国デビューした「桶狭間の戦い」の時、26歳なんだ。26だぜ、26。今なら、大学出で社会人になった場合、四、五年目ってとこか。まだぺーぺーだろ？

——そうですね。

信長　そんな時にあれをやらかした…ってとこを見てほしいんだよ。で、俺が殺された「本能寺の変」の時は、こうだ。

信長　48歳
秀吉　45歳
家康　40歳

——へえ。なんだか、家康さんってもっとお爺さんかと思ってました。

信長　あいつは長生きして死んだからそういうイメージになるんだよな。あと、キャラ的にな。だけど、誰だって最初からジジイじゃないぜ。

——そりゃ、そうですね。この時、明智光秀さんは？

信長　光秀は54歳だか、56歳だか…そのあたり。

——結構、上なんですね。

信長　あ。ちなみに、これはみんな満年齢だ。今の連中にわかりやすいようにな。誕生日が来てなくても、「その年の満年齢」だ。名前も、みんながよく知ってるものにしてる。

——ご配慮、感謝します。

信長　俺たちは最初から「歴史上の偉人」じゃない。誰だって若い時はある。結構みんな、悩んだり、失敗したり、くだらねえ冗談言ったりしてる普通の人間よ。つまりさ、俺としちゃ、そういうとこをわかってほしいわけよ。

――私たちは、どうしてもその人が残した業績のイメージで見ますからね。

信長　人間関係で苦労したり、上司の機嫌とったり、女房に気をつかったり…。「成り上がりてぇな。贅沢してぇな」とか、「せっかく手に入れた権力、手放すもんか」なんて、思ったり。

――なんか、今の私たちとあんまり変わらないですね。

信長　おうさ。四、五百年前も今も、人間、やってることはだいたい同じよ。

――なるほど。…ところで信長さん、今、そちらの世界では、どういう方と仲がいいんですか？

信長　生きてる時代は重ならなかったけど、こっちで北条早雲のジイサンと会ったら、ウマが合ったなあ。あのジイサンが「こういう無茶やってもいいんだぜ」と示してくれて、戦国の世が面白くなってきたんじゃねえか？

――では、そのあたりから、順を追って戦国時代を見てみましょう。当然、途中から信長さんも登場することになりますよね？

信長　おう。俺のカッコいいとこ見てくれ。南蛮笠に真っ赤な着物、虎皮の行縢《むかばき》なんてシビれるぜ。夜露死苦！

――あ。そういうことなんですか、「うつけ者」って……。

第四幕

天下分け目……163

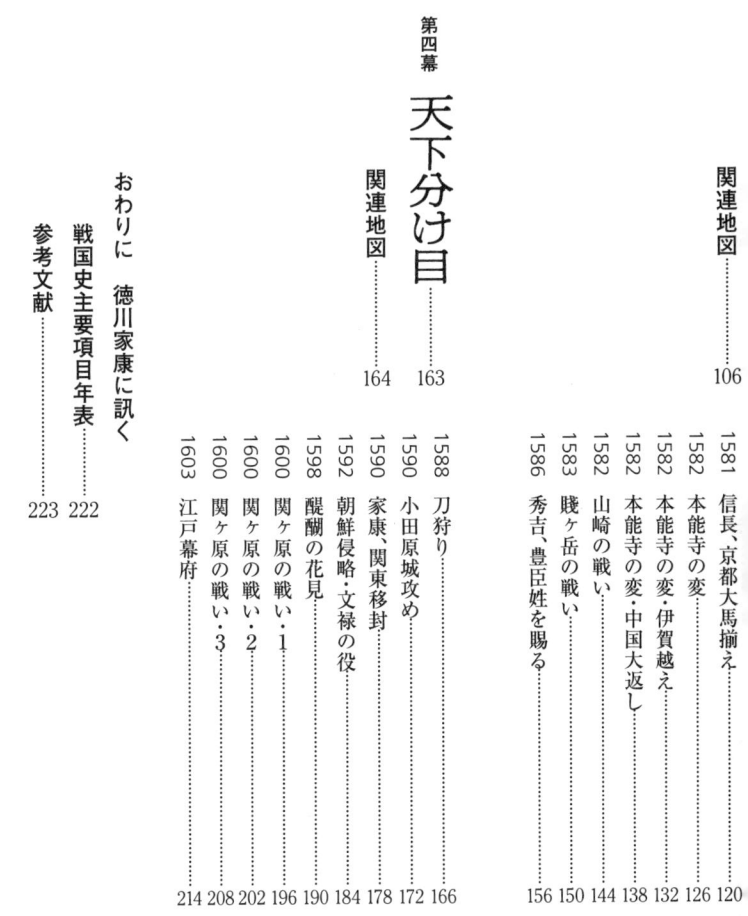

カバーデザイン・本文デザイン　大森裕二
カバーイラスト　王盛游 Wang ShengYou
人物イラスト　さとうふみえ
校正　東京出版サービスセンター

第一幕

下剋上

美濃国・稲葉山城
p16 1542（天文11）
道三、国盗りに成功
尾張国・万松寺
p28 1547（天文16）
竹千代、人質に
相模国・箱根山中
p10 1495（明応4）
早雲、小田原城攻め
尾張国
p40 1554？（天文23？）
藤吉郎、信長に仕える

第一幕　関連地図

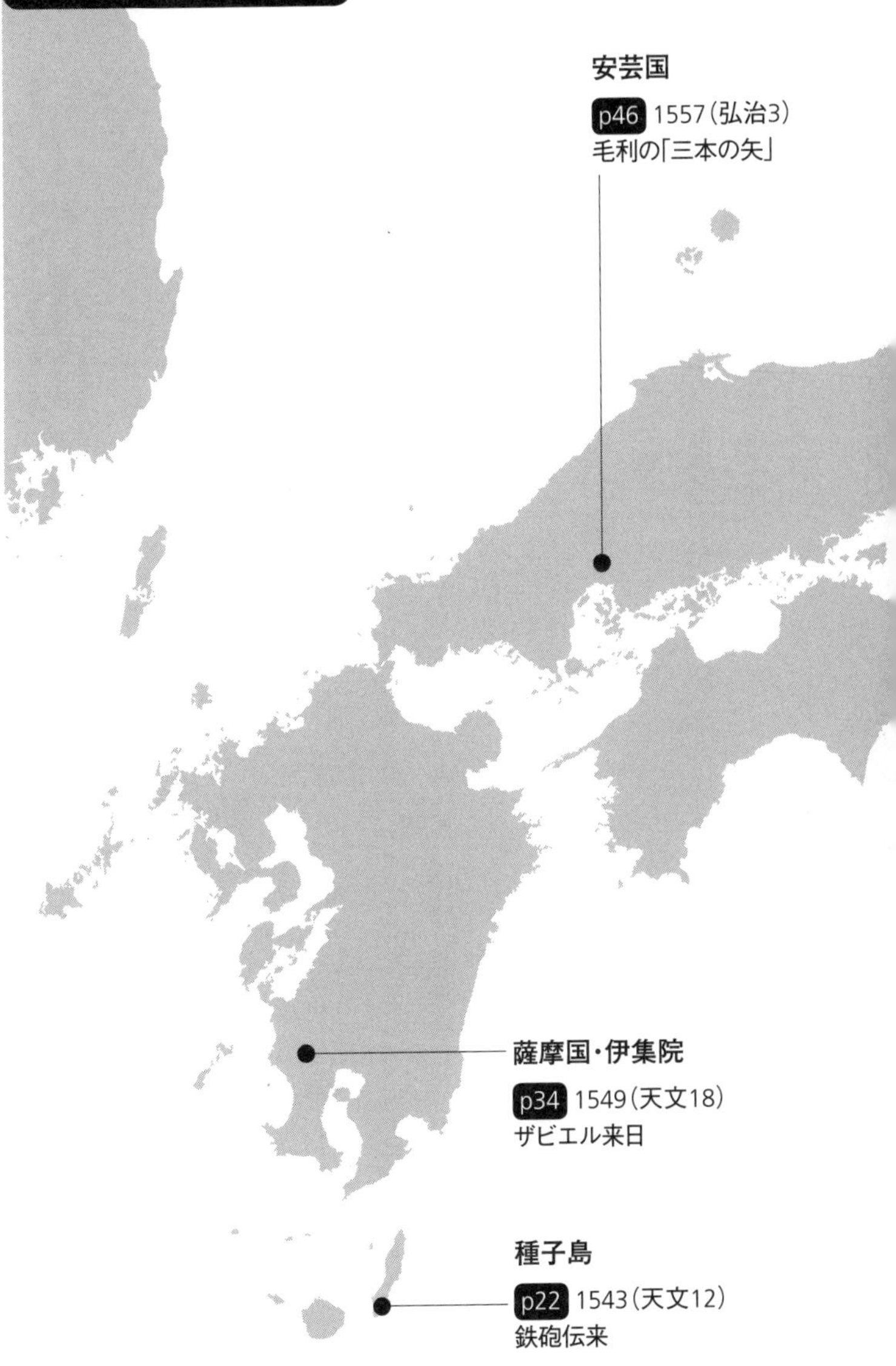
安芸国
p46 1557（弘治3）
毛利の「三本の矢」
薩摩国・伊集院
p34 1549（天文18）
ザビエル来日
種子島
p22 1543（天文12）
鉄砲伝来

早雲、小田原城攻め

[1495] 明応四年

❖登場人物

北条《ほうじょう》早雲《そううん》（戦国武将・63歳）

家来の若者

❖場所　相模《さがみ》国・箱根山中

北条早雲は、京都から駿河《するが》に流れて来て、今川氏に取り入り、やがて伊豆韮山《にらやま》城で伊豆国を治める。「下剋上」の戦国の世は、早雲から始まったともいえる。そして今、隣国・相模《さがみ》国を狙っていた…。

家来　殿。カッコ悪いッスよ、この汚い衣装。

早雲　文句言うな。

家来　だって、これじゃまるで人足の「勢子《せこ》」ですよ。

早雲　それでいいのじゃ。なぜなら、お前らはみんな、猟師の手伝いをする「勢子」だといつわって、この箱根山中に入ったんだからな。

●北条早雲
（1432―1519）
室町幕府政所執事伊勢氏一族の出身。京都から伊勢を経て今川氏に身を寄せる。その後堀越公方を滅ぼして伊豆

家来　え？　箱根の温泉でドンチャン騒ぎしようってんじゃないんスか？

早雲　温泉だったら地元の伊豆にだってあるだろ。修善寺とか、伊豆長岡とか。

家来　じゃ、なんでわざわざ箱根に？

早雲　なんでだと思う？

家来　う～ん……。あ、わかった！　箱根駅伝の応援ですね？　そうか、花の五区だもんな。頑張れ～、区間新記録だ！

早雲　わかっとらんな。…ならば、（ギラリと刀を抜き）…わからせてやろう。

家来　わ！　わ！　…な、何すんですか。や、やめてください！

早雲　（目の前の木の枝を、刀でバッサリ切る）…ほら、この山の下を見てみい。

家来　…ふぅ～～～。ビックリさせないでくださいよ。……うわぁ、見晴らしいいですねえ。下に広がるのは小田原ですね。あ、小田原城が見える。

早雲　そう。あの城を攻めるのじゃ。

家来　え!?　だって、あそこは大森藤頼《おおもりふじより》の城でしょ？

早雲　そうだ。

家来　大森ってのは扇谷上杉《おうぎがやつうえすぎ》家の、一の子分じゃないですか。

に進出。小田原を本拠に相模を支配し、武蔵をうかがった。伊勢宗瑞ともいう。

●大森藤頼
（？—１４９８）
扇谷上杉家の家臣。亡父から小田原城を引き継いだのは早雲の攻撃の前年。城を奪われて真田城（現在の平塚市付近）に逃れて抗戦するも、敗れて自刃。大森一族は滅亡した。

早雲　そうだ。
家来　てことは、上杉に刃向うことになりますよ。上杉家は関東管領《かんれい》の家柄で、全関東を治めてる大物ですよ。
早雲　それが何か？
家来　だ、大丈夫なんですか、そんな大それたことして？
早雲　わしはな、こないだ、夢を見たんだ。
家来　夢？
早雲　…広〜い原っぱに、大きな杉の木が二本立っていた。そこへ、ちっぽけな鼠《ねずみ》が一匹来てな。杉の根元を齧《かじ》るんだ。ガリガリとな。小さな鼠だが、なんと、ついに杉の木を倒してしまったんだな、二本とも。するとやがて、鼠は巨大な虎に変身した……という夢だ。
家来　はあ。
早雲　どういう意味だと思う？
家来　えーと、鼠は抑圧された自我の象徴で、杉の木は男性器を指すから、それは性のリビドーが…

●扇谷上杉家
関東管領上杉氏の一つ。同じく関東管領の山内上杉氏と対立する。のちに北条氏に対抗するために協力するが、1546年、北条氏康によって滅ぼされる。

●…という夢だ
『名将言行録』にあるエピソード。

早雲　お前は、フロイトかっ！

家来　よいか？　杉二本というのは、扇谷上杉家と山内上杉家《やまのうちうえすぎ》のことだ。広い原っぱは関東のこと。で、わしは子《ね》年生まれだから、鼠だ。つまり、わしが上杉家を倒し、代わって全関東を治める虎になる…という意味だ。

早雲　でも、上杉家と殿じゃ、家柄が違いますよ。

家来　お前も、若いのに、古い考えにとらわれておるのう。これからの世の中はな、家柄とか権威とか上下関係とか、関係ないんじゃ。力のある者が勝ち、弱い者は市場から退場する。これが「新自由主義」じゃ！「ぐろーばる・すたんだーど」じゃ！「下剋上」じゃ！

家来　よくわからない言葉があるんですけど…なんスか、その「下剋上」って？

早雲　聞くのはそこかいっ!?

いいか？　わしは元々、一介の流れ者だが、まず駿河の今川氏に取り入って、城を一個もらい、それから伊豆の堀越公方を追い出して、伊豆一国を手に入れた。強けりゃ、こうしてのし上がれる。これが「下剋上」だ！

家来　なるほど。

●伊豆の堀越公方
足利茶々丸（？―1491）のこと。父・政知の死による家督争いを起こし、それに乗じた北条早雲によって追放され、自刃。これにより堀越公方は滅ぶ。

早雲　小田原城の大森には前から贈り物なんかしつつ、いつか攻めてやろうと狙ってたんだ。で、今回、「領内で鹿狩りをしたら、鹿がみんな箱根山に逃げてしまった。鹿を追い出すために、ウチの勢子を箱根の山に入れさせてもらえませんか？」と頼んだら、あの大森のバカが「ああ、いいですよ」と。

家来　それで、俺たちこんな衣装着せられてんですか。

早雲　そうじゃ。実は侍だとバレないためにな。が、ここまで来ればもう大丈夫だ。さあ、皆の者、刀を持て。一気に小田原城を攻めるぞ！

家来　で、でも、ちょっと人数少なくないスか？

早雲　大丈夫だ。ほら、後ろに牛をいっぱい引き連れてきてるだろ？

家来　ええ。

早雲　牛の角には、松明《たいまつ》がくくりつけてある。これに火をつけて、一斉に暴走させるんだ。すると、敵はもの凄い大群が攻めてきたと思って動揺する。

家来　へえ、考えましたね。

早雲　これは「火牛《かぎゅう》の計《けい》」と言ってな、唐土《もろこし》の、田単《でんたん》という将軍が発明した。本朝では、木曽義仲《きそよしなか》が倶利伽羅《くりから》峠の戦いで用いておる。さ、みんな、牛の後に続け！

●木曽義仲
（1154—1184）
平安時代末期の源氏の武将。源頼朝・義経は従兄弟にあたる。

家来　で、でも、向こうは強そうだし…。
早雲　行けったら、行けよ！
家来　だけど…
早雲　早く！
家来　あ、ガスの元栓締めたかなァ…？
早雲　………。おーし、松明に火をつけろ！
家来　ま、待ってください。まだ、牛は俺たちの後ろにいるじゃないですか！
早雲　だから火をつけるんだよ。てめェ、さっさと攻めないと、後ろから牛に踏みつぶされるぞ！
家来　ヒィ〜〜〜〜〜！　い、いきま〜す！（と、全員駆け降りていく）
早雲　……なるほど。これが「火牛の計」の真の使い方なのか。

❖

●倶利伽羅峠の戦い　1183年に義仲が平家を破った戦い。油断をついた夜襲で10万の平家の軍勢の大半が敗死したという。倶利伽羅峠は富山県小矢部市と石川県河北郡津幡町の境界。

◆**北条早雲**◆下剋上によって生まれた戦国大名。早雲以降、氏綱・氏康・氏政・氏直と五代続くことになる。最初は伊勢氏だったが、二代・氏綱の時から、由緒ある姓である「北条」を名乗る。これは、武蔵・相模の正当な支配者であると主張するため。

道三、国盗りに成功 [1542] 天文十一年

❖**登場人物**

斎藤道三《さいとうどうさん》（戦国武将・48歳）

帰蝶《きちょう》（その娘・のちの濃姫・7歳）

❖**場所**

美濃国・稲葉山《いなばやま》城

一介の油売りだった斎藤道三は、美濃国守護大名・土岐《とき》家の家臣・長井長弘《ながいながひろ》に仕えた。そこから権謀術数を駆使し、ついに主君・土岐頼芸《よりなり》を尾張に追い払い、自ら稲葉山城の主となった…。

帰蝶　ちちうえー、ちちうえー。
道三　おお、帰蝶か、どうした？
帰蝶　あれやってみせてほしいよのさ。
道三　お前はピノコか！
帰蝶　アッチョンブリケ！

●斎藤道三（1494—1556）油売りから身をおこして美濃守護・土岐頼芸に取り入り、重臣・長井氏の家老・西村家を継ぐ。主筋を次々と倒

道三　なんだ、そりゃ？　…で、「あれ」って？
帰蝶　♪あ〜ぶら　あ〜ぶら　あ〜ぶらからぶらぶら…
道三　しっ。声が大きい！　家臣の連中に聞こえるじゃないか。
帰蝶　？
道三　よいか、今やわしはこの稲葉山城を治め、名実ともに美濃国を手に入れた大名じゃ。
帰蝶　だいみょう？
道三　そう。だから、お前は姫様じゃ。そうだなあ、美濃国の姫だから、ゆくゆくは「濃《のう》姫《ひめ》」とでも名乗るがいいぞ。
帰蝶　うん。じゃ、のーひめからお願い。♪あ〜ぶら　あ〜ぶら　あ〜ぶらからぶらぶら…ってあれ、やって、やって！
道三　だから、大名であるわしが、かつて町の油売りだったなんてことは、あんまりおおっぴらに言いたくはないんじゃ。
帰蝶　でも、見た〜い。やって、やって、やって、やって〜〜〜〜〜。やってくんなきゃ、泣いちゃう。びぇ〜〜〜〜〜〜〜〜〜〜ん！

して名前を変え、ついには土岐氏をも追い出して美濃国を奪った。最期は長男義龍と戦い敗死する。

●帰蝶
（1535―1612）14歳で織田信長の正室となり、濃姫と名乗る。

●稲葉山城
道三（当時は利政）が頼芸を追放して稲葉山城に入ったのは1542年。1567年に道三の孫・龍興を追い出した織田信長によって岐阜城とあらためられる。

道三　ああ、わかったわかった。やるから、…な。大声を出すな。
帰蝶　ホント⁉　じゃ、これ。はい。「おかね」と「ひしゃく」。
道三　用意がいいなあ。
帰蝶　あたし、おきゃくさん役をやゆから！
道三　…わかったよ。じゃ、やるぞ。…えー、コホン。
（歌いながら、ヘンテコな踊りを始める）
♪あ〜ぶら　あ〜ぶら　あ〜ぶらかだぶら　ご覧にいれよう
　歌って踊って山崎屋　油のことなら山崎屋
　山崎屋の油でぽっかぽか　山崎屋の油、だもんネ♪
さあさ、お立ち会い。ご用とお急ぎのない方は、聞いておいで、見ておいで。
帰蝶　まってまちたー！
道三　手前、ここに取り出だしたるは、一枚の永楽銭《えいらくせん》。
この銭の真ん中に、小さな四角の穴があいておりますな。そして、こちらには、柄杓《ひしゃく》に入った油がある。さあ、お立ち会い。なんと、この柄杓から注ぐ油を、永楽銭の穴を通して、見事、下の瓶に入れてご覧にいれます！

●この柄杓から…
道三の山崎屋は、実際

帰蝶　えぇー！　うそー！
道三　もし一滴でも、銭に油がかかったら、お代はいりませぬ。使う油は将軍家御用達の最高級品質です！
帰蝶　でも、おたかいんでしょ？
道三　いいえ。お値段は普通の油と同じ。しかも、今なら、灯りをともす時に欠かせない灯心を、五個おつけします！
帰蝶　ええーっ⁉
道三　そして、　さらにもう五個、ドン！
帰蝶　わたしに、一びんくだしゃいな。
道三　おや、こちらの可愛いお嬢ちゃん。おつかいかな？　では、よぉく見とくんだよ。ほら…、こうやって、瓶の口の上に永楽銭をかざします。そして、もう一方の手で、ご覧のように柄杓を高～く掲げます。
帰蝶　ドキドキ！
道三　こうして、油を…、つぅ――――…………っと。ほうら、銭に触れず、こぼさずに入りました！

にこのようなパフォーマンスを見せながら、油を売って歩いた。

帰蝶　しゅごーい！　おもしろ〜い！（拍手する）

道三　……お前、人をおだてて、乗せるのがうまいのう。さすが、蝮《まむし》と呼ばれたわしの娘じゃ。したたかさを持っておる。ん？　…待てよ。

（この娘、使えるな。たしか隣国尾張の織田《おだ》の分家には、吉法師《きっぽうし》とかいう息子がいて、年の頃は帰蝶と同じくらいだ。そこに嫁がせれば美濃国は守れるし、うまくいけば尾張も手に入るかも…。ふひひひひ。）

帰蝶　ねえ。ちちうえは、さいしょから、あぶらうりだったの？

道三　あ？　い、いや。その前は僧門に入っておったんだぞ、こう見えてな。法蓮坊《ほうれんぼう》という名だ。それから還俗《げんぞく》して、油商人の娘と結婚して…いや、あれはわしじゃなく、親父だったかな？

帰蝶　？？

道三　で、美濃国守護・土岐家の執権《しっけん》・長井長弘に取り入って、土岐頼純《よりずみ》を追い出して、いや、長弘を殺して…だったかな？　じゃなく、土岐頼芸をそそのかしたのが先だったか？　いやいや、守護代・斎藤利良《さいとうとしなが》が死んで…じゃなく、あの頃わしは西《にし》村《むら》勘九郎《かんくろう》を名乗っていたっけ？　…いや、長井新九郎《しんくろう》か？　山崎屋庄五郎《しょうごろう》か？

●長井長弘
（?—1530）
本名を斎藤利安という。土岐氏に仕えたが、1530年正月に道三（当時は西村勘九郎）により暗殺される。

●土岐頼純
（1499—1547）
美濃守護の家督を継いだが、道三（西村勘九郎）に擁された弟・頼芸に追放される。朝倉氏・織田氏の援助で復帰を図ったが、美濃に戻れたのは20年後だった。その年に死去。毒殺されたとも言われる。

●土岐頼芸
（1502—1582）

……ああ！　あまりにもさんざん人を騙して裏切って、殺してきたので、自分でも何がなんだかわからなくなってしまったァァ！　ああ、わしの手は血に汚れておる、「まくべす」じゃあああああ！

帰蝶　ちちうえ、ちちうえ！　しっかりしてください！

道三　……ハア、ハア、ハア…。

帰蝶　はい。おみず、のむよのさ。

道三　うむ、ありがとう。ゴクゴク…、げほっ！　これ、さっきわしが注いだ油じゃないかっ！

帰蝶　あははは、ひっかかった！　アッチョンブリケ！

道三　…うーむ。やはり、したたかな娘。…使える。

❖

道三の力を借りて兄・頼純を追放し、家督を継いだが、その後道三により、追放、講和帰国、再追放などの憂き目にあう。諸国を流浪して帰国したのは齢80を迎える年。帰国したその年に死去。

●斎藤利良
（?—1538）
守護土岐氏の後継争いのどさくさの末に守護代に。その後病没。のちの道三が名跡を継ぐ。

◆斎藤道三◆一介の油売りから戦国大名に…という経歴は、親子二代にわたるものという説もある。濃姫（帰蝶）は、この六年後、尾張の織《お》田《だ》信長《のぶなが》（吉法師）に嫁ぐ。当時「大うつけ」と馬鹿にされていた信長を見た道三は、「わが息子たちは、やがてあの男の軍門に下るだろう」と、信長の才能を見抜いたという。

鉄砲伝来 [1543] 天文十二年

❖登場人物

種子島時堯《たねがしまときたか》（戦国武将・15歳）

ポルトガル人

❖場所　**種子島特別出演**

特別出演　戸田お奈津（通訳）

種子島に一艘の大型船が漂着した。中国船で、そこには3人のポルトガル人が乗っていて、鉄砲も積まれていた。島主（領主）である種子島時堯は、さっそくポルトガル人と会見することにした…。

時堯　そこな、バテレン。面《おもて》をあげい。くるしゅうない。
ポル　◎×★＊〒※＄■＃％＠◆☆▽
戸田　おお、領主さまがこんなにお若い方とは思いませんでした。
時堯　ちょ、ちょっと待て！　なんだ、そこに背後霊みたいにいるおなごは？
戸田　わたくし、同時通訳の戸田お奈津でございます。

●種子島時堯
（1528―1579）
鎌倉時代から種子島を領地とした種子島氏の14代目領主。島津氏の家臣。島南端の門倉崎に漂着したポルトガル

時堯　通詞《つうじ》か。
戸田　わたくしが、字幕すーぱー状態で翻訳いたします。
時堯　くるしゅうない。まかせた。
　　　…では、尋ねる。お前はどこから来た？
ポル　◆☆◎？×★※@＊◇○$▽#%
戸田　西でございます。
時堯　…というと、明《みん》か？
ポル　＊〒※$■○◇☆◎×
戸田　もっと西でございます。
時堯　シャムか？
ポル　★※◆☆$▽#%×★※
戸田　もっと西でございます。
時堯　では、天竺《てんじく》か？
ポル　◆☆…
時堯　ああ、ちょっと待て！　その「×★＊〒※$■#%@」ってのは、どうせ読者は

人を居城の赤尾木城に招いた。のちに屋久島にも城を築いた。

戸田　読んでないだろ？　うっとうしいから、省略してはどうか？
時堯　よいお考えです。さすが若くて聡明な殿様。
戸田　で、どこから来た？
時堯　ポルトガルです。
戸田　そのポルトガルとは、どこにある？
時堯　ヨーロッパです。
戸田　ヨーロッパとは？
時堯　ユーラシア大陸の西の端で、ポルトガルはさらにそのまた西の端っこ…
戸田　ああ、再び待った！　…やっぱり変だな。これじゃ、私とお前が二人で話してるみたいだ。元に戻そう。
時堯　御意。
戸田　で、この、黒光りしている鉄の筒は何だ？
ポル　@＊☆$×▲□☆▽#%※▽#
時堯　これは、「鉄砲」というものです。
戸田　てっぽう？　何に使う？

●ポルトガル
ポルトガルから船が直接やってきたわけではなく、この船は中国のジャンク船だった。鉄砲もポルトガル製ではなく、東南アジアで作られたもの。

ポル　▲◇□＋☆＊▲△〒☆▽◎＄×□
戸田　いくさに使います。
時堯　なるほど。この硬いので、ゴツンと叩くのか？
ポル　＄÷▽◆☆＃＄％＊□※％★※×★
戸田　いいえ。遠くの敵を仕留めるのに使います。
時堯　どうやって？
ポル　☆▽＃＠〒
戸田　まず火薬と弾を、この銃口から筒に入れます。次に銃口から棒を突っ込み、火薬を突き固めます。それから手元の火蓋を開き、火皿に口薬を盛って、火蓋を閉じます。そして、火縄の火を「ふー、ふー」と吹いて熾《おこ》します。その火縄を火ばさみにはさみます。狙いをよぉく絞って、火蓋を開き、引き金をひきます。すると、ズドンと弾が飛んでいく、…という仕組みです。
時堯　い、今、そんなに長くいろんなことをしゃべってたのか？
戸田　以心伝心でございます。
時堯　そうか。…しかし、話を聞いただけでは、なんだかよくわからんな。どんな風に

ポル　なるのか、やってみせてくれんか？

ポル　◇＠☆△〒◎●〒＄％＠％÷◇＄■＃＊〒＄∴＄！▽☆◎△○＋＄∴
　　　○※■＃＃％〒※×＄％※！％〒◎＊□☆※◎★＊＄×＄％＊□※◆
　　　☆×○÷○＄◇＊＄▽＠＃％×▼◆＄※∴▽％＊〒◇＄
　　　＊※＄∴∴○％＃○☆●∴○※＄■〒◎×★〒○☆※〒＄∴○＊

戸田　わかりました。

時堯　短っ！

戸田　「お約束」でございます。…では、さっそく。

ポル　（鉄砲を構えながら）＄×％＊※？÷＃％▽＠＊◇、★＄▽□※、
　　　＠□＊※▼＊〒＄……ズドーン！

時堯　うわっ！

戸田　…とまあ、こんなぐあいです。

時堯　うーむ、凄いものだ。この鉄砲を譲ってくれんか？　ここにある二挺を、二千両

ポル　％★☆◎＃△〒※☆〒※＄％？

──────────────

●二挺を、二千両
時堯は実際にこの値段
で購入し、一挺を島津

戸田　え？　あらあ、そうなの？　…うん、うん。…そうよねえ…
ポル　$■#＊〒%÷★〒※×$%※◆☆！%〒◎※$∴$▽！
戸田　あ、やっぱり！　そう。ええ。千両。…うん、そういうことなの。
ポル　〒◎$■#＊×△$%@%÷◇◎●〒※★○$∴×！！！
戸田　あははは！　さすが！　凄いわ！
　　　…というわけで、殿、契約成立でございます。
時堯　それはよかった。…が、いま、チラッと「千両」って言ってなかったか？　お前、半分抜いてないか？
戸田　%〒◆◎＊&□◎＊※▼○〒…
時堯　ごまかすなっ！

❖

貴久に献じている。貴久はその後それを将軍・足利義晴に献上したとも言われる。

◆鉄砲伝来◆1年後、時堯は鉄砲の国産化に成功。「種子島銃」と呼ばれる。時堯は製造方法を秘密にしなかったので、全国に広まった。国友・根来《ねごろ》・堺が鉄砲の大生産地となり、日本はあっという間に、当時世界有数の鉄砲保有国となった。鉄砲の普及は合戦の戦術を変え、天下統一を加速させることとなる。

竹千代、人質に

［1547］天文十六年

❖登場人物

竹千代《たけちよ》（のちの徳川《とくがわ》家康《いえやす》・5歳）

織田信長（元服《げんぷく》直後の13歳）

❖場所　尾張国・万松寺《ばんしょうじ》

三河《みかわ》・松平《まつだいら》家の嫡男・竹千代（家康）は、駿河の今川氏に「人質」として送られることになった。ところがその途中、誘拐され、反対方向の隣国・尾張に連れ去られてしまった…。

信長　おい、五百貫！

竹千　？

信長　どこ見てんだよ。お前のことだよ、五百貫。

竹千　ぶ、ぶれいな。わたしにはちゃんと、竹千代というなまえがある。

信長　お前、知らねえな？

●竹千代こと徳川家康（1542―1616）岡崎城主・松平広忠の長子。幼少時は竹千代、長じて、松平元信、元康。のちに徳川家康となり、江戸幕府を開く。

竹千　なにを？
信長　お前、売られたんだよ。永楽銭五百貫で。
竹千　う、うそだ！
信長　嘘じゃねえよ。だって、お前、三河の松平の子で、人質として駿府《すんぷ》の今川に送られるとこだったんだろ？　送っていたのが、戸田…ええと、なんとかいったな。
竹千　戸田…お奈津じゃなくて、誰だっけ？
信長　戸田康光《とだやすみつ》おじいちゃん。しんせきなんだ。
そう。その親戚が、送り届ける途中で裏切って、お前をこの尾張に売っちゃったんだよ。五百貫でな。いわば、人質の横流しだよ。
竹千　……そうだったのか！　しんせきでも、しんようしちゃいけないんだな。よおし、世の中、だれもしんじないぞ……。
信長　なに暗い顔してんだよ。お前、子どもらしくねえなあ。
竹千　お兄ちゃんはだれ？　…あ、わかった！　吉法師あらため織田信長だね？
信長　よくわかったな。
竹千　だって、そのヘンテコな髷《まげ》と、はでな元結《もっとい》。きものはだらしなく着てるし、腰に

●織田信長
（1534―1582）

信秀嫡子。若年時に「うつけ者」と呼ばれたが、織田一族、尾張一国、周辺国を統一。天下統一に手をかける。

はじゃらじゃらいろんなモノぶらさげてるし、真っ赤なさやの刀さして、さっきから柿たべてるし……。そんな人は、一人しかいないもん。

信長　ほう、まんざら馬鹿じゃないんだな。

竹千　ゆうめいだもん、織田の「大うつ…」…あ、なんでもない。

信長　言葉を飲むなよ！　「大うつけ」って呼んでいいんだぜ、こっちは、わざとやってんだから。お前、ガキのくせに妙に気ばっかりつかいやがって、ジジイみたいなやつだな。

竹千　あのう…、（小声で）いいんですか？

信長　なにが？

竹千　（小声）だって、ここんとこまで、まだ読者的に「大きな笑い」がないよ。

信長　だから、そんなこと気にするのが子どもらしくないんだよ！　いーんだよ、「笑い」なんてソコソコありゃいいの。さっきの戸田奈津子んとこで「クスッ」と来てる読者もいるかもしれないだろ？　それで十分なんだよ！

竹千　まあまあ、そんなムキにならなくても。けっこうイタイとこ、つかれてるんじゃないの？

●人質として
戸田康光は今川氏に服していたが、敵の織田家に通じていた。人質の竹千代を駿府に送る舟を三河湾を西に進ませて、竹千代を尾張国の信秀に引き渡す。怒った義元は、戸田氏を攻め滅ぼした。それでも父・松平広忠は今川氏に従ったため、竹千代は見捨てられたかたちで、人質として尾張国に留め置かれた。2年後に広忠が死去。竹千代は、今川氏と織田家との人質交換によって、駿府に移されることになる。

信長　……お前、本当は性格悪いんじゃねえのか？

竹千　ぼく、こどもだから、なんにもわか〜んな〜い！

信長　ったく。コロコロ態度変えやがって。

竹千　「三河はそうやっていかないと、生きのこれないんだ」…って、ちちうえがよく言ってた。

信長　そうか。お前んとこも大変な場所だよな。東からは今川義元《いまがわよしもと》がノシてきてるし、西はウチだろ。はさみ撃ちだもんなあ。

竹千　そして北には、大蛇がいるんでしょ？

信長　大蛇？

竹千　ちちうえが言ってたよ、美濃国は大蛇がのっとったって。

信長　ああ。大蛇じゃなく、蝮だ。蝮の斎藤道三ってやつだ。尾張にとっても三河にとっても、北のやっかいな存在だよな。だけど、心配するな、あそこは俺がなんとかする。

竹千　なんとかって？

信長　道三に娘がいるんだ。俺がそいつを嫁に迎えりゃ、いいんだ。

●今川義元
（1519—1560）
駿河・遠江・三河の三国を支配した戦国大名。北条氏・武田氏と同盟を組んで東側を安定させた義元は、1560年、西に進出しようとする。

竹千　ふ～ん。愛のない結婚か。

信長　お前、どこでそんな言葉覚えてくんだ？　…ったく、ガキのくせにどういう性格してんだか…あ、そうだ。人の性格ってのは、句を詠《よ》んでみるとわかるって言うぞ。ちょっとやってみないか？

竹千　うん。

信長　お題は、そうだな……、ホトトギスでどうだ。まず、俺な。うーん……、よし、できた！「鳴かぬなら　殺してしまえ　ホトトギス」どうだ、勢いがあっていいだろ？

竹千　ずいぶんらんぼうだね。……じゃ、わたしもできた。「鳴かぬなら　鳴くまで待とう　ホトトギス」

信長　待つのか？　気の長い句だなあ。

竹千　だって、鳴かないだけで殺しちゃ、かわいそうじゃない。

信長　へえ。生意気そうに見えて、やっぱりお前、子どもなんだな。ハハハ…、無邪気で、安心したよ。じゃな。ま、お互い、命があったら、また会おう。あばよ！（と、

竹千

去っていく）

さよーならー。……行っちゃったな。

さっきの句、ほんとうは、

「鳴かぬなら

うらからこっそり　手をまわし

じっくりじわじわ　追い込んで

いんねんつけて　困らせて

たまらずじれて　自分から

鳴くまで待とう　ホトトギス」

…だったんだけど、ぜんぶ言わずにだまってたんだ。本心なんか言うもんか。ふん。しんせきだろうと、のぶながだろうと、だれもしんようしないんだからな！

❖

◆徳川家康◆この二年後、竹千代は今川家に取り戻され、今度は駿府で人質生活を送る。家康の人質生活は十八歳の時まで続く。元々の居城である三河・岡崎城に戻れるのは、信長が今川義元を急襲する「桶狭間《おけはざま》の戦い」まで待つことになる。

ザビエル来日［1549］天文十八年

❖登場人物

ザビエル（宣教師・43歳）

島津貴久《しまづたかひさ》（戦国武将・35歳）

❖場所

薩摩国・伊集院《いじゅういん》

特別出演　戸田お奈津（通訳）

イエズス会の宣教師フランシスコ・ザビエルが鹿児島にやってきた。これがはじめての宣教師の来日。ザビエルは藩主・島津貴久に拝謁《はいえつ》し、キリスト教の布教を申し出る…。

貴久　そこな、バテレン。面をあげい。くるしゅうない。

ザビ　コンニチハでゴザイマスです。ワタシ、日本に来て、嬉シイデース。

戸田　こんにちは。憧れの日本に来ることができて幸せです。

貴久　な、なんだ、お前は？

戸田　同時通訳の戸田お奈津でございます。

●島津貴久（1514―1571）ザビエルに布教を許し、鉄砲を実戦で使用し、琉球王と修好関係を結んだ開明的な戦国大名。

貴久　そういえば、以前、種子島時堯に聞いたことがあるな。バテレンと話す時、背後霊のように通訳が現れると。

戸田　ザビエルさんも、このあと日本に来るルイス・フロイスさんも、バリニャーノさんも、来日アーチストは全部あたしが仕切ることになってますから。あと、オルガンティーノも、ヤン・ヨーステンも、トム・クルーズも、スピルバーグも、それからえーと……。

貴久　わかった、わかった！　だがな、通訳どの。どうやら、ザビエル殿は、日本語がわかるようだぞ。

戸田　あら、そうね。じゃ、ここはおまかせするわ。（と去る）

貴久　……で、ザビエル殿とやら、わたしに何の頼みじゃ？

ザビ　薩摩で、キリスト教の布教活動をさせてクダサーイ。

貴久　うーん……。宗教のことはよくわからんが、布教を許すと、わが島津に何かメリットがあるのか？

ザビ　南蛮貿易ガ盛ンニナリマース。

貴久　ということは、儲かるということか？

●ルイス・フロイス（１５３２—１５９７）イエズス会宣教師。ポルトガル人。１５６３年来日。織田信長と親しく交わる。長崎で没。

●バリニャーノ（１５３９—１６０６）イエズス会巡察師。イタリア人。１５７９年来日。天正遣欧使節を引率して、１５９０年、再び来日。

●オルガンティーノ（１５３０—１６０９）イエズス会宣教師。イタリア人。信長に認められ安土にセミナリヨを設立する。長崎で没。

ザビ　儲カリマース。
貴久　鉄砲の輸入もできるのか？
ザビ　鉄砲、じゃんじゃん輸入デキマース！
貴久　火薬の原料となる硝石《しょうせき》もか？
ザビ　硝石、じゃんじゃん輸入デキマース！
貴久　戦に使う洋馬もか？
ザビ　洋馬、じゃんじゃん輸入デキマース！
貴久　布教を許すぞ。
ザビ　アリガトゴザイマース！
この薩摩ダケでなく、日本国ゼンブで布教を認メテほしいデース。ついては、ミヤコの女王を紹介してクダサーイ！
貴久　女王？
ザビ　ハイ。この国は女王が治メテイルと聞キマーシタ。
貴久　はて、誰のことだ？　将軍・義輝《よしてる》様はもちろん男だし、後奈良天皇だって男だ。ザビエル殿、その情報はどこで？

●ヤン・ヨーステン
（？―1623）

オランダ人の貿易家。1600年、リーフデ号で豊後に漂着。江戸幕府の外交顧問となる。朱印状を得て貿易に従事。日本名は耶揚子（ヤ・ヨウス）で、東京・八重洲の地名の由来とも言われる。

●後奈良天皇
（1496―1557）

第105代天皇。1526年の即位時に即位儀式がおこなえず、10年後土岐氏らの献金でようやく実現できた。疫病や凶作を鎮める祈祷を諸寺諸宮に命じた。

ザビ　ワタシ、以前マラッカとゆー場所ニイタ時、アンジローという日本人に会いマーシタ。そのアンジローに、日本語と日本のコト教えてもらって、日本まで案内シテモラッタデース。アンジローによると、「日本はヒミコとゆー女王ガ治メテいて、国じゅう黄金ダラケでピカピカだ」と聞きマーシタ。

貴久　また、誤った日本情報を…。

ザビ　さらに、街にはゲイシャガールとニンジャが歩いてて、食べ物ハ、スシ、テンプーラ、スキヤキだとか。

貴久　ずいぶんステロタイプな日本イメージだのう。

ザビ　違ウノデスカ?

貴久　よい機会だから、今この国がどうなっとるか、教えてやろう。まず、この九州・薩摩はわが島津家がガッチリ押さえておる。が、隣の日向《ひゅうが》は伊東だ。たしか遠く伊豆の伊東から流れてきて土着した一族だ。

ザビ　イトウ…

貴久　で、日向の北にある豊後《ぶんご》は大友だな。その北、豊前《ぶぜん》・筑前《ちくぜん》と海峡を渡って中国地

●アンジロー
(1511―1550)
薩摩出身の日本人。弥次郎(ヤジロウ)とも。生没年もはっきりしないが、日本人最初のキリスト教徒の一人。人殺しの罪を逃れるためマラッカへ。罪を告白するためザビエルを訪ね、洗礼を受けた。ザビエルは彼の話を聞いて、日本での活動を決意、アンジローもザビエルに従って来日した。

●日向の伊東
この頃は伊東義祐の時代で、大いに発展した。伊東マンショ(本名・祐益)は義祐の娘の子。

方の西半分をドーンと押さえているのが大内氏だ。
ザビ　オオウチ…
貴久　そう。あそこは京都の公家文化が好きだから、お前の話に乗ってくるかもしれん。ここはメモ、とっておいた方がいいぞ。
ザビ　ハイ。「オオウチ・クゲ・ネライメ」…と。
貴久　山陰のあたりは、尼子《あまご》氏がガッチリ押さえておる。中国地方は、大内・尼子の両家でキマリだな。
で、京は細川とか三好と六角《ろっかく》とか、なんだかいろんな連中がぐちゃぐちゃやってて、よくわからん。
その向こうの美濃には蝮の道三というのがいて、これがいま勢いがあるな。その南の尾張に織田、三河に松平なんてちっぽけな連中がいるが…。
ザビ　オダ、マツダイラ…
貴久　ああ、覚えんでいい。織田も松平も、そのうち消えるだろう。なにせ、東に今川、さらにその向こうに北条、北には武田信玄《たけだしんげん》、さらに越後には長尾景虎《ながおかげとら》なんて強い連中がひしめいているからな。

●豊後の大友
この頃はのちのキリシタン大名・義鎮（宗麟）に代替わりする直前。

●大内氏
この頃は大内義隆の時代。その領国は最大になったが、2年後には重臣・陶隆房（晴賢）に追われて義隆は自刃。

●尼子氏
この頃は尼子晴久の時代。一族内に対立を抱え、そこを毛利元就が虎視眈々と狙っていた。

●細川・三好・六角
管領家の細川晴元、その家臣で下剋上した三好長慶、近江から畿内

ザビ　勉強ニナリマシタ。いろいろアリガトゴザイマース。

貴久　京に上る途中、まずは肥前・平戸あたりに行ってみるとよいだろう。

ザビ　ソウシマース。
最後にイチオウ確認デース。トリアエズ薩摩領内デハ、許シテモラエルンデスネ？

貴久　おお。許すぞ。貿易がさかんになるの、結構じゃないか。鉄砲の輸入、いいだろう。硝石の輸入も、洋馬の輸入も、いいだろう。許すぞ、許しまくる。じゃんじゃんやれ！　…えーと、あと、も一つ何か許したような気もするけど、なんだったっけな？

ザビ　布教活動デス！

❖

◆宣教師◆ザビエルはこのあと、平戸で布教活動を行ったのち、京に上る。しかし、混乱している京都で天皇にも将軍にも謁見できなかった。帰途、周防《すおう》・山口の大内氏、豊後の大友氏の下でも布教。ザビエルはおよそ二年間の滞在で日本を離れた。以降、多くの宣教師が日本にやってくることになる。

の政争に容喙する六角義賢、という構図。

●武田信玄（→p62）

●長尾景虎（1530―1578）越後守護代・長尾為景の子。主家上杉氏の家督を継ぎ、入道して謙信。信玄との川中島の戦い、小田原城攻撃など関東・信濃に積極的に出兵、越後・越中・上野を支配下に置く。

藤吉郎、信長に仕える

［1554］天文二十三年

❖登場人物

木下《きのした》藤吉郎《とうきちろう》（のちの豊臣秀吉・18歳）

織田信長（戦国武将・20歳）

❖場所　**尾張国**

尾張の百姓に生まれた藤吉郎は、武士を志し、最初、今川氏一族の松下之綱《まつしたゆきつな》に仕える。が、やがてそこを出て、織田信長に仕える。持ち前の如才《じょさい》なさで、しだいに頭角を現してゆく…。

信長　帰るぞ。サル、サル？

藤吉　はっ。信長様。草履《ぞうり》は、ここに。

信長　うむ。…（草履に足を入れ）…むむ？　この草履、温かいぞ？　ははあ、さては藤吉郎…、お前、この上に腰をかけ、座っておったな！

藤吉　と、とんでもない！　ほら、外は寒いでしょ？　殿が履いた時あったかいように

●木下藤吉郎こと羽柴秀吉・豊臣秀吉（1537―1598）尾張国・中村の農民の子。松下之綱から武士としてのキャリアが始まると言われるが、諸

信長　って、懐《ふところ》に入れて温めてたんですよ。
藤吉　嘘をつけ。
信長　嘘じゃないですって！
藤吉　………藤吉郎、着物を脱げ。
信長　え？　…信長様、こんなところで？　…でも、殿が望むなら、わたくし、この体を預けます。これで出世できるならどんな恥ずかしいプレイでも…
藤吉　たわけっ！　俺の小姓《こしょう》の趣味は、もっと美形だわい。誰がお前みたいな、サルで禿げ鼠なんかと…。
信長　禿げ鼠はひどいッスよ。
藤吉　お前が本当に懐に草履を入れていたんなら、懐に泥のカケラでもあるだろうと思ってな。脱がんでいい、ちょっと懐の中を見せろ……、お、泥が。
信長　…でしょ？
藤吉　そうか、ならば、信じよう。
信長　よかった。
藤吉　…ええと、あれ？　俺の鉄扇《てっせん》はどこへ置いたかな？

説ある。とにかく人生のあらゆる局面に諸説がある人気戦国武将。

藤吉　はっ。こちらに。どうぞ。

信長　うわっ、なんだこれ？　あったかいぞ！

藤吉　殿が持った時あったかいようにと、懐で。

信長　またお前も、何でも温めるなあ。

藤吉　殿、そんな、指の先っちょで鉄扇をつままないでくださいよお。

信長　バカ、他人の人肌で生温かいのって、なんかキモチ悪いんだよ。…ええと、俺の刀は？

藤吉　こちらです。懐で温めておきました。

信長　またかよ。…で、これから馬に乗るんだが、馬の鞭《むち》は？

藤吉　懐で温めておきました。

信長　馬は？

藤吉　懐で温めておきました。

信長　お前の懐はドラえもんのポケットかっ！

藤吉　なんなら、でんぐり返しして、懐から、金魚の入った水槽でも取り出してみましょうか？

信長　中国奇術みたいなやつだなあ。まったく、お前は面白いやつだ。どういう性格してるんだか…あ、そうだ、人の性格ってのは、句でわかるんだぞ。藤吉郎、お前、句を詠んでみろ。

藤吉　く?

信長　そう。句だ。五・七・五の。

藤吉　またまたあ…。殿、五・七・五なら、足して十七ですよ。九じゃない。

信長　足すなよ。

藤吉　掛けるんですか?

信長　そうじゃないよ。お前、句を知らないのか?　教養ないなあ。

藤吉　わ〜〜〜〜〜〜!　教養がないって言うな〜〜〜〜!（突然、暴れだす）そりゃ、俺は百姓の小せがれだよ!　悪かったな!　侍出身じゃねえよ!　だけど、侍、侍ってエバってたって、こないだまで夜盗《やとう》みたいな連中じゃねえか!　コケにすんなあ、百姓出身のどこが悪い!　ぐわあ〜〜〜〜〜〜!

信長　（うーむ。これぞ、抑圧された庶民のエネルギー。使えるな。）

藤吉　…はあ、はあ、はあ…。と、殿、失礼しました。つい、自分を見失って…

信長　いや、見失ってない。むしろ、よく見つめているぞ。藤吉郎、句ってのはこういうんだ。たとえば、ホトトギスというお題なら、「鳴かぬなら　殺してしまえ　ホトトギス」

藤吉　な〜んだ。大喜利みたいなやつか。

信長　…ま、まあ、そういう理解でもいいが。

藤吉　そんなのだったら、わたしだってできますよ。「鳴かぬなら　鳴かせてみせよう　ホトトギス」

信長　ほう…。私とも、あいつとも違うな。こりゃ、面白い。

藤吉　誰です、あいつって？

信長　そのうちわかるよ。それより、藤吉郎、いいことを教えてやろう。

藤吉　なんです？

信長　日本人は、貴種流離譚というのにヨワい。

藤吉　キシュリューリタン？

信長　本当は高貴な身分だが、事情があって恵まれない境遇に育ち、そこから出世していくという話だ。お前も、その手を使えばいいんだよ。

藤吉 というと？

信長 たとえばだな…、お前のおっ母が、実は以前、宮中に出ていたとか。お前を身ごもった時、太陽を呑み込んだ夢を見たとか…そういう噂を流すんだ。そうすりゃ、なんとなく、「木下藤吉郎というのは実は高貴な誰かの御落胤《ごらくいん》じゃないか」という感じがしてくる。

藤吉 そんなの、嘘っぱちじゃないですか。

信長 嘘っぱちも、何度も言ってりゃ、いつの間にか真実になるんだ。そのうち、誰も、お前のことを百姓出身だとバカにしなくなるよ。

藤吉 そうっスか!? いいこと聞いた！ ありがとうございます。わたし、一生、殿についていきます！

信長 （ふふふ、これで使える手駒が一つ増えた。）

❖

●お前のおっ母が…　すべて『太閤記』にある。

◆信長と秀吉◆『太閤記』『太閤素生記』などによって、信長に仕えた時期は一五五四年説と一五五八年説がある。秀吉に関しては出自も定かではないので、この時期の記録もハッキリしない。しかしここから、秀吉は信長の忠実な部下として、出世の階段を上っていく。

毛利の「三本の矢」

［1557］弘治三年

❖登場人物

毛利《もうり》元就《もとなり》（戦国武将・60歳）

出入りの武具商人

❖場所
安芸国

中国地方の西半分は大内氏が治めていた。ところが、大内氏は配下の陶《すえ》氏によって追われた。すると今度は、その陶氏を毛利元就が追い落とす。毛利氏は、いちやく中国地方の覇者に躍り出た…。

商人　いやあ、元就様。聞きましたよ。大内の生き残り・義長《よしなが》を倒して、とうとう大内氏を滅亡させたっていうじゃないですか？　凄い！　よっ、色男！

元就　なんだか賑やかなのが来たな。幇間《たいこもち》かと思ったら、お前か。

商人　幇間はいやでゲスよ。

元就　まんま、幇間だな。

●毛利元就（1497—1571）元は安芸国の地頭。その知略で大内氏・尼子氏を倒し、中国10カ国を支配した戦国大名。

商人　なんといっても、二年前の、あの「厳島《いつくしま》の戦い」が凄かったですねえ。陶晴賢《すえはるかた》二万の軍勢を、たった四千の毛利軍が破ったんですから。嫡男・隆元《たかもと》様と、吉川《きっかわ》家を継いだ元春《もとはる》様、小早川《こばやかわ》家を継いだ隆景《たかかげ》様の三人がガッチリ協力した大勝利！　さすが、「孟母三遷《もうぼさんせん》」！

元就　それを言うなら「毛利の両川《りょうせん》」だ。まあ、戦に勝てたのは、お前のところから納入してる武具のおかげでもあるぞ。

商人　ええ、毎度ありィ！　安芸吉田を小ぢんまり治めてた頃から、「この人はいつかやる人だ」と見込んで、出入り業者になっててよかったなあ。元就様、これで、あと山陰の尼子氏をつぶせば、中国十カ国が毛利のものに…

元就　しっ。声が大きい。

商人　へへへへ。ま、それはそれとして、今日はいい刀があるんで持ってきたんですよ。(スラリと刀を抜いて)…どうですか、この輝き。うっとりしますね。人、斬りたくなりますねえ。これぞ、備前長船《びぜんおさふね》が鍛えし名刀……。

元就　いや。今日見たいのは、刀ではないのだ。

商人　あ、そうですか。……じゃあ、この槍なんかどうです。(槍をしごき)…これで敵

●大内義長
(1540—1557)
父は大友氏、母は義隆の姉。陶晴賢のクーデターにより自害した義隆の後釜に座る。実権を握っていた隆房が元就に討たれたのち、毛利軍と戦いを続けたが、力尽きて自害。大内氏は名実ともに滅びた。

●厳島の戦い
1555年の現在の広島県の瀬戸内海に浮かぶ厳島でおこなわれた合戦。毛利元就の謀略で、狭い島に押し込められた陶晴賢軍は全滅。大内氏は急速に弱体化して、その領地は毛利のものとなっていった。

のどてっ腹を刺し放題、突き放題、えぐり放題！

元就　こ、これ…、無闇に振り回すな。…危ない。

商人　これからはもう刀の時代じゃありません。槍の時代です。これぞ、備前長船が鍛えし二間《けん》半の長槍…

元就　長船は槍も鍛えるのか？

商人　そりゃもう、長船くらいの名人になると、刀だろうと槍だろうと、なんだって鍛えまくります。

元就　残念だが、今日わしが見たいのは刀でも槍でもない。矢だ。

商人　……矢？　ああ、弓矢の矢ですか。そうですよね、これからはもう槍の時代じゃありません。矢の時代です。

元就　さっき、槍の時代だって言ってたようだが？

商人　槍の時代…も、あったんです。でも、その次は弓矢の時代！　さすが、元就様は先を読みますねえ。…そういうこともあろうかと、矢も持ってきてたんですよ。（一本の矢を取り出し）どうですか、この矢。いい竹使ってるでしょ？　矢篦竹《やのだけ》っていうんです。矢羽根には鷲の羽根を使った高級品。これぞ備前長船が鍛えし矢…。

●陶晴賢
（1521―1555）
前名は隆房。大内義隆の重臣だったが、背いて自刃させる。大内義長を立てて実権を握るが、厳島の戦いで敗れ、自害。

●毛利隆元
（1523―1563）
元就の長男。尼子氏討伐の最中に急死。父よりも早い死だった。

●吉川元春
（1530―1586）
元就の二男。吉川興経の養子となり、各地の戦線で活躍。おもに山陰地域を担当。

元就　ちょっと待て。槍までは許そう。しかし、長船は、矢は鍛えんだろう？
商人　正確に言うと、「備前長船が鍛えし刃物で切った竹の矢」でして…。
元就　なんだか入り組んでおるのう。で、ちょっとそれを、手で折ってみてくれ。
商人　さすが元就様、検品が厳しいですな。ですが私も、出入り業者になってはや三十年。いいかげんな品を持ってきたりはしませんよ。やってみましょう。（折ろうとする）…よっ…、はっ……う〜ん…、折れません！
元就　折れんか？
商人　はい。ビックリするほど丈夫です。
元就　じゃ、それはいらん。
商人　…ど、どういうことです？　折れないんですよ、丈夫なんですよ？
元就　今回わしが欲しいのは、手で折れる矢だ。
商人　……ああ、そうか。弓足軽用の消耗品が欲しいということですね？　ちゃんと量産タイプの矢もありますよ。ザクってんですけどね。（数本の矢を取り出し）…ほら、これなんか見るからに安っぽい。矢羽根はカラスの羽根です。でもね、じゃんじゃん射って敵をビビらすんなら、こういうんで十分。いくさは質より量！

●小早川隆景（1533―1597）
元就の三男。小早川氏の養子になる。おもに山陽地域を担当、水軍を操った。のちに安国寺恵瓊とともに毛利の渉外担当として活躍、織田信長、豊臣秀吉などとわたりあう。文禄の役に出兵、帰国後豊臣五大老の一人となる。

●備前長船
備前国長船（現在の岡山県瀬戸内市）を拠点とした刀工の流派。鎌倉時代から続くとされ、名匠を多く生み出した。

元就　それを折ってみてくれ。
商人　これはもう、ちょっと力を込めれば………ポキッと、ほら、すぐ折れます。
元就　それでよい。
商人　では、これをお買い上げで？　ど～んと五万本ほど納入しましょうか？
元就　いや、待て。それを三本一緒にして折ってみてくれ。
商人　三本？　…やってみましょう。（三本束ねて）…う～ん………、バキボキバリッと、なんとか折れました！
元就　じゃ駄目だ。
商人　へ？　どういうことです。
元就　わしが欲しいのは、一本なら簡単に折れる、二本でも折れる、だが三本では折れないという「ちょうどいい感じで折れる矢」なのだ。
商人　へ？
元就　ないか？
商人　いえ。あると思います。…いや、探します！「いい感じで折れる矢」を。
元就　では、それを注文する。

商人　かしこまりました。どーんと十万本ぐらい持ってきましょうか?
元就　いや、三本だ。
商人　三本?　たった三本の注文?
元就　これぞ「さんふれっちぇ」じゃ。
商人　な、なんですか?　それに、たった三本を何に使おうってんですか?
元就　なんだっていい。お前は黙って用意すればいいのだ。そしてこのことは他言無用だ。もし漏らせば…(刀を抜いて、商人の首にあてる)…
商人　ひ、ひいいい〰〰
元就　…どうなるかわかっとるだろうな?　さすが、以前お前から買った備前長船が鍛えし名刀。うっとりして、人を斬りたくなるのう……。
商人　わ、わかりました。毎度ありィ…。

❖

◆毛利元就の三本の矢◆吉川家、小早川家は「毛利の両川」と呼ばれ、本家・毛利を助けて勢力を伸ばした。やがて尼子氏も滅ぼし、中国地方の覇者となる。元就の孫・輝元の時、豊臣秀吉に屈することとなる。「三本の矢の教え」は、元就の「遺訓」がその原型となっている。

第二幕

天下布武

信濃国・川中島の海津城
p62 1561（永禄4）
川中島の戦い・第四次
信濃国・駒場
p92 1573（天正元）
武田信玄、死去
尾張国・清洲城
p56 1560（永禄3）
桶狭間の戦い
尾張国・清洲城
p68 1562（永禄5）
清洲同盟、成る

第二幕　関連地図

近江国・小谷城
p80 1570（元亀元）
姉川の戦い
近江国・比叡山延暦寺
p86 1571（元亀2）
比叡山焼き討ち
山城国・槇島城
p98 1573（天正元）
室町幕府滅亡
大和国・東大寺大仏殿
p74 1567（永禄10）
松永久秀、大仏殿を焼く

桶狭間の戦い ［1560］ 永禄三年

❖登場人物

織田信長（戦国武将・26歳）

濃姫（その妻・25歳）

❖場所　**尾張国・清洲《きよす》城**

織田信長は、織田本家を倒し、ようやく尾張国をほぼ治めるようになった。しかしそこへ、駿河・遠江《とおとうみ》・三河の三国を制覇した巨大勢力・今川義元が侵攻してきたのであった…。

信長　あ〜〜〜、どうしよう、どうしよう、どうしよう、どうしよう…。
濃姫　殿、なにをさっきからウロウロと。
信長　だって、あの今川義元が迫ってきてるんだぜ。駿河でおさまってりゃいいのに、遠江、それから三河まで手に入れて、だんだん西に伸びてくる。
濃姫　甲斐の武田と、相模の北条と、駿河の今川とで「甲・相・駿」の三国同盟を結ん

●甲相駿三国同盟
1554年に結ばれた、

信長　ですからね。後ろの心配がないんで、西へ攻めてくるんでしょうよ。お前ね、「でしょうよ」なんて気楽に言ってるけど、三河は、この尾張の隣だぜ。軍勢四万とも言われる今川軍が、もうそこまで攻めてきてるんだ。家臣たちはみんな、「殿、清洲城にて籠城《ろうじょう》でござる！」なんて、目を三角にして言ってるけどな。籠城したって、どうなるもんじゃないぜ。じゃ、攻めるかっていうと、こっちの手勢はせいぜい四千ってとこだ。普通にやったら勝てっこない。だから、どうしよう、どうしよう…と。

濃姫　お迷いになる気持ちはわかりますが、そのような姿を家臣に見られたら…あ、そこんとこは大丈夫。ほら、俺って昔から「うつけ者」のフリして、パフォーマンスは得意だったろ？　今日も、家臣たちはヤイノヤイノ言ってたけど、俺は無視して、「寝るぞ」なんて大物ぶりを見せて、今この部屋で寝てることになってる。だから、誰も近づかない。

信長　…でも、本心はぐちゃぐちゃに迷いまくってるんだよお〜〜〜〜〜〜〜〜！「ああ！　攻めるべきか、こもるべきか？　それが問題だ」

戦国時代の和平協定。甲斐の武田信玄、相模の北条氏康、駿河の今川義元の3者により締結された。別名「善得寺の会盟」。

●清洲城
1555年、織田信長は、守護代・織田信友を倒して那古野城からこの城へ移った。大改修を加えて約10年、本拠居城として活用した。

濃姫　どうしようどうしよう、どうしようどうしようどうしようどうし……

信長　殿、しっかりなさいませ！

濃姫　わ！　な、なんだ、その短剣！　危ないぞ。

信長　私が織田家に嫁ぐ時、今は亡き父・道三がこの懐剣《かいけん》を渡し、「信長が評判通りのうつけ者なら、この剣で信長を倒せ」と言ったんです。

濃姫　あの蝮の爺さん、えげつないこと言うな。…あ、いや、まことに舅《しゅうと》殿らしいお言葉。

信長　いいんです、気をつかわなくても。もう死んでんですから。

濃姫　で、お前はなんて答えたんだ？

信長　「わかりました。しかし、この剣は父上を刺すことになるかもしれませんよ」と。

濃姫　お前もまた、輪をかけてえげつないな。どんな親子なんだよ？

信長　斎藤家の家風はさて置いて、殿がいつまでもそんな優柔不断な態度だと、本当に、この剣を父の言いつけ通りに使うかもしれませんよお。

濃姫　…そ、そういう怖い目をするなよ。とりあえず、短剣をしまえ。な、な。いや、

●透波・乱波
「すっぱ」も「らっぱ」

濃姫　俺だって、何もしないで迷ってるわけじゃないんだぜ。あちこちに透波《すっぱ》・乱波《らっぱ》を放って、今川軍の状況を報告させてる。蜂須賀小六《はちすかころく》とか、梁田政綱《やなだまさつな》なんて連中にな。だから、実際の今川軍は二万五千くらいだろうってこともわかってる。それでもたいした数だけどな。

信長　今川義元は松平元康《まつだいらもとやす》の守る大高城に入ると見た。すると、桶狭間とか田楽狭間《でんがくはざま》なんて呼ばれてる場所を通るはずだから、これは好都合なんだ。

濃姫　どうして？

信長　あそこらへんは、狭い窪地なんだ。だから「狭間」。そういう場所だと、軍列は細く長く延びるだろ？　そこんとこを、ズバリ今川義元の首のみを狙って奇襲をかけるという手がある。…っていうか、唯一それしか手がない。

濃姫　やるんですか？

信長　目を輝かせんなよ。…まったく、お前は道三の血をひいてるなあ。俺もやりたいんだが、うまくいく確信がない。奇襲ってのは、なにかもうひとつ「これだ」っていう条件が加わらなきゃ。う〜ん、どうするか、迷うなあ……。

濃姫　なるほど、たしかに迷いますねえ……（頭をポリポリ掻く）…

も、忍者の別称。

●蜂須賀小六
（1526―1586）
本名は正勝。夜盗あがりと言われるが、実際は川並衆を率いて木曽川の水運業をしていたと考えられている。近隣大名に仕えた後に、豊臣秀吉に属し、墨俣城築城にも活躍した。

●梁田政綱
（生没年不詳）
織田信長の家臣。1560年の桶狭間の戦いで、今川軍の情報収集をおこない、作戦を立てる。その手柄で出世したが、以降の動向ははっきりしない。

信長　ん？　どうした？
濃姫　私ね、雨が降る前は、いつも頭の地肌がかゆいんですよ。
信長　なに？
濃姫　湿度のせいでしょうかね。おなごは髪が長く、滅多に洗わないから、そういう人、結構いるんですよ。私の場合は、雨が降る時間・量まで、ピタリと当たるんです。気象予報士になれるんじゃないかと思うほど。
信長　なんだと！　では、今のその頭のかゆさだとどうなる？　お天気お姉さんになって予報してみてくれ！
濃姫　……こんにちは。お天気コーナーです。さて、二十四節気によると、もうすぐ「小《しょう》満《まん》」。これは、万物がしだいに成長して…
信長　季節の小ネタはいいから、早く予報を！
濃姫　（ポリポリ掻きながら）…このかゆさだと、明日の昼頃に一時、集中豪雨のような雨が降るでしょう。降水確率は99％。傘をお持ちくださ～い。
信長　まことか⁉　う～～む、ならばひょっとして？　いや、待てよ。でも……うううっ、心が揺れる。こういう時は、いつもの「敦盛《あつもり》」を。

●集中豪雨のような…
当日桶狭間は突発的な豪雨に見舞われた。

♪ 人生五十年～ 下天の内をくらぶれば 夢幻《ゆめまぼろし》のごとくなり～ ♪

濃姫 ………よし。決めたぞ！

信長 決めましたか？ どうします？

濃姫 雨に紛れれば奇襲はうまくいく。法螺貝《ほらがい》を吹け、具足《ぐそく》を寄こせ！

「桶狭間で今川を討つのだ！」

信長 それでこそ、信長様！

濃姫 …と、

信長 と？

濃姫 もうひとつ決めた。「濃姫、お前は歴史の表舞台から消えろ。俺のカリスマ性が弱まる」。

信長 ……わかりました。（頭をポリポリ掻く）

❖

●歴史の表舞台から…濃姫の生涯は、道三の娘から信長に嫁いだこと以外は、知られていることがほとんどない。

◆**桶狭間の戦い**◆信長の、実質的な全国デビュー戦である。今川義元は戦死し、以降今川氏は衰退していく。ここまでずっと今川氏に囚《とら》われていた松平元康（徳川家康）は、ようやく旧領である三河に戻り、念願の独立を果たすことになる。

川中島の戦い・第四次

［1561］永禄四年

❖登場人物

武田信玄（戦国武将・40歳）

山本《やまもと》勘助《かんすけ》（その軍師・年齢不詳）

❖場所

信濃国・川中島の海津《かいづ》城

越後の上杉謙信《うえすぎけんしん》と甲斐の武田信玄は、川中島で何度も相まみえた。この時は四度目。海津城の武田に向き合い、妻女山《さいじょさん》に陣取る上杉。両者睨《にら》み合ったまま十日が過ぎていた…。

信玄　ううむ。目と鼻の先におるのに、謙信のやつめ、動かん。睨み合ったまま、戦線が膠着《こうちゃく》してしまったのう…。

勘助　ふっふっふっふっ……。御館《おやかた》様、私に妙案があります。

信玄　おお！　その隻眼《せきがん》、ごつい顔、傷だらけの体、足を引きずって歩く姿……お前は、丹下段平《たんげだんぺい》？

●武田信玄（1521―1573）甲斐国守護・武田信虎の嫡男で晴信。信濃・駿河・遠江に勢力を広げて、上杉・徳川・織田の各氏と争う。治山

勘助　山本勘助です。

信玄　いや、そうであったな。…して、勘助。妙案とは？

勘助　その前に。私は、これまでの三度にわたる「川中島の戦い」を分析して、まとめてみました。

信玄　さすが、武田が誇る軍師だな。

勘助　こちらのフリップをご覧ください。八年前の第一戦が引き分けで「△」。その二年後の第二戦も「△」。さらに二年後の第三戦も「△」。すべて引き分けです。

信玄　そうなのだ。なぜか勝ちきれない。

勘助　でも、実質的には「勝ち」です。

信玄　はて？　孫子の兵法に「引き分けは、即《すなわ》ち勝ちなり」などという文言があったかな？

勘助　場所を考えてみてください。ここ川中島は信濃国の北部です。わが甲斐からは遠いが、

日程			勝敗	相手
第一戦（天文22）	武田		△	長尾
第二戦（弘治元）	武田		△	長尾
第三戦（弘治３）	武田		△	長尾
第四戦（永禄４）	武田		？	上杉（長尾改め）

治水や城下町の整備など、民政にもすぐれた。

●山本勘助（？―１５６１？）
正しくは山本晴幸。三河の生まれとされる伝説の軍師。信玄の軍議に関与したとされるが、実際の事績は不明。

●川中島の海津城
１５６０年、信玄が、謙信との戦いに備えるため勘助に命じて館を改築させたのが始まり。江戸時代には真田信之がこの城に入る。

信玄　上杉の越後からは近く、国境のすぐそば。いわば、敵の準本拠地です。

勘助　そうだな。

信玄　だから、引き分けでいいのです。

勘助　どういうことだ？

信玄　アウェイで引き分け、ホームで勝つ…というのが基本ですから。

勘助　サッカーかっ！

信玄　ほれ、ここんとこをペリッとめくると…、わが軍は「勝ち点3」をゲットしております。

日程		勝ち点	勝敗	相手
第一戦（天文22）	武田	1	△	長尾
第二戦（弘治元）	武田	1	△	長尾
第三戦（弘治3）	武田	1	△	長尾
第四戦（永禄4）	武田	?	?	上杉（長尾改め）

信玄　こんな凝ったモン、作りやがって！（フリップを取り上げる）

勘助　ああっ、捨てないでください！　せっかく作ったのに…

信玄　そんなことより、「妙案」とは何だ？

勘助　…コホン。わが武田軍は二万。それを二手に分けます。別動隊は一万二千。夜陰にまぎれて素早く、密かに海津城を抜け、上杉の陣取る妻女山に向かいます。「疾《はや》きこと風の如く、徐《しず》かなること林の如く…」です。

信玄　おお、風林火山だな。

勘助　そして、夜明けとともに、背後から上杉軍に襲いかかります。

信玄　しかし、見たところ上杉軍は一万八千はある。とても勝てんぞ。

勘助　いいえ。敵を追い出すだけでいいのです。あわてて山を下りた上杉軍は、千曲川《ちくま》を渡った八幡原《はちまんばら》に陣を構えようとするでしょう。ところがそこには、やはり風林火山で移動していたわが武田本隊・八千が待ち受けている…という作戦です。

信玄　なるほど。「はさみ撃ち」だな。

勘助　「啄木鳥《きつつき》の計《けい》」と呼んでくだされ。

信玄　啄木鳥、とな？

勘助　啄木鳥は、木の穴の中の虫を捕る時、まず穴の反対側をつつきます。すると虫が驚いて穴から出てきたところを、前に回って食べます。ゆえに、これを称して「啄木鳥の計」。

信玄　よし。採用しよう、その「はさみ撃ち作戦」を。

勘助　だから「啄木鳥の計」です。

信玄　結果的に同じだろ？

勘助　それはそうかもしれませんが、そんなカンタンに言われたら、軍師としてのアイデンティティーが…

信玄　で、別動隊は誰にするかな？　そのはさみ撃ち作戦の。

勘助　「啄木鳥の計」です。
別動隊は高坂昌信《こうさかまさのぶ》、馬場信春《ばばのぶはる》…といった連中がよかろうかと。

信玄　すると本隊は、わしに、信繁《のぶしげ》、義信《よしのぶ》、穴山梅雪《あなやまばいせつ》らか。

勘助　御意。

信玄　よーし、みんな聞いたか？　すぐに、はさみ撃ち作戦に入れ！

●高坂昌信
（1527―1578）
信玄の近習、使い番を経て侍大将となる。武田氏の軍学書『甲陽軍鑑』の作者とされる。

●馬場信春
（1514―1575）
信房とも。信玄の譜代家老衆の一人。

●武田信繁
（1525―1561）
信玄の弟。父から家督を譲られそうになるが、兄に従い、ともに父を追放し、副当主格となる。この第四次川中島の戦いで戦死。

勘助　「啄木鳥の計」です。
信玄　別動隊に食料を持たせるため、炊事をおこなえ！
勘助　謙信側は車懸《くるまがか》りの陣で来るでしょうから、わが方は鶴翼《かくよく》の陣で臨みます。
信玄　うおおおお、血沸き肉躍るな！　川中島の戦い四度目にして、ついに勝てるかもしれんぞ。さすが山本勘助の、はさみ撃ち作戦だ！
勘助　「啄木鳥の計」です。
信玄　歴史に残るぞ、このはさみ撃ち作戦は。
勘助　だから「キツツキのケイ」ですって！
信玄　さあ、皆の者！　はさみ撃ち作戦に出陣じゃ！
勘助　キツツ…、もう、はさみ撃ちでいいです……。

❖

◆**川中島の戦い**◆ところが、この「啄木鳥の計」を、上杉謙信は見破っていた。理由は、炊事の煙。それを見て、夜、ひそかに妻女山を下り、先に八幡原に回っていたのだ。この時ひそかに移動する謙信の様子が「鞭声粛々《べんせいしゅくしゅく》、夜河《よるかわ》をわたる」という頼山陽《らいさんよう》の詩。結局この戦いも引き分けで、山本勘助は戦死している。

●武田義信
（1538—1567）
信玄の嫡男。この第四次川中島の戦いで父・信玄と対立。以降不仲となり、最後は謀反が発覚して、幽閉され自害することになる。

●穴山梅雪
（1541—1582）
実名は信君。母は信玄の姉、妻は信玄の娘。のちに駿河江尻城主となる。

清洲同盟、成る
[1562] 永禄五年

❖登場人物

織田信長（戦国武将・28歳）

松平元康（戦国武将・のちの徳川家康・20歳）

❖場所　**尾張国・清洲城**

桶狭間の戦いで今川義元が没すると、家康は三河に戻って独立する。長い人質生活から、ようやく解放されたのだ。やがて、利害が一致する隣国・尾張の織田信長と同盟を結ぶことになる…。

信長　おう、八百貫、元気だったか？

元康　八百？

信長　お前が尾張に売られてきた時が、五百貫だったからな。大人になって、今じゃ八百貫ぐらいの値打ちにはなってるだろ。

元康　あいかわらず口が悪いな、信長兄ちゃ…あ、いや、信長殿は。

●清洲同盟
織田信長と徳川家康の軍事同盟。両家の家臣には先代からの遺恨も強く残り、すんなり締結とはいかなかったとされる。家康が信長の

信長　いいんだよ。この部屋にゃほかに誰もいない。昔と同じでいこうや。

元康　……い、いや。そうは申されても、信長殿は今や尾張一国を治める大名。失礼な口のききかたはできませぬ。

信長　お前、依然として、若いのにジジイみたいなやつだな。気ばっかりつかいやがって。まあ、ものごころついてからずーっと人質生活だから、そんな風に万事そつなくなるんだろうが。

元康　…………………。

信長　黙んなよ。褒めてんだから。

元康　…あ、お前、覚えてるか？　万松寺で会った時、句を詠んだよな。

元康　覚えております。たしか、お題がホトトギスで…

信長　あんときゃ、俺とお前が、まったくかけ離れた句を詠んで、面白かったよな。それでな、俺たちのちょうど真ん中の句を詠むやつがいたんだよ。サルってんだ。今度会わせてやるよ。

元康　ほう…。近頃は、サルが句を詠みますか。

信長　バーカ。サルってのはあだ名だよ。シャレがわかんない、真面目なやつだな。

居城・清洲城に訪問して結ばれた。

元康　………………。

信長　だから黙んなって！

元康　真面目では、いけませぬか？

信長　いや、いけなくはないけどな。…だけど、人ってのは、どっかヘンで欠陥があった方がキャラが立つんだぜ。そんなんじゃ、将来、ドラマの主役になれんぞ。人気出ないぞ。歴女が萌えてくれないぞ。

元康　は？「キャラ」？「歴女」？？……「萌え」？？？？？　なんだかわからない単語が目白押しで、頭の中がクラクラします。

信長　まあ、いい。一生クラクラしとけ。

ところで、お前はいま三河に戻って、一国を治めつつあんだろ？

元康　しかし、一向衆《いっこうしゅう》が反抗して、なかなか治めるのがむつかしく。

信長　ああ、宗教ってのはやっかいだよな。そんなのは片っ端から、たたっ殺しちまえばいいんだ。

元康　あいかわらず、乱暴な性格ですねえ。

信長　まあ、俺「元うつ」だからな。

●一向衆が反抗して…　1563年の三河一向一揆につながる動きのこと。離反する家臣も現れた、家康の最初の危機。

元康　なんですか、「元うつ」って？

信長　「元うつけ者」ってことだよ。「元ヤン」みたいなもんだ。結婚が早くて、意外に子煩悩で、家庭を大切にして、ドンキ好き。

元康　「元ヤン」？？「ドンキ」？？？……ああ！　またわからない単語が、頭の中をぐるぐると……

信長　「元」っていや、お前の「元康」って名前の「元」は、今川義元の元をもらったんだろ？

元康　ええ。

信長　義元は俺が討ったし、息子の氏真《うじざね》はぼんくらだから、今川はもうすぐ滅ぶ。お前も晴れて独立したんだし、「元」をとっちゃどうだ？

元康　言われてみればそうですね。では、これからは、…松平康？

信長　ヤス？　しまらねえな。あんまり、人の上に立つ名前じゃないぞ。どっかからもっともらしい字を一文字持って来て、テキトーにつけとけよ。

元康　あ、考えときます。

信長　ま、そんなわけだから今川はもう怖くないとしても、その向こうにいる北条は気になるだろ？　そして、甲斐にゃ武田がいる。

元康　ええ。武田信玄はおそらく戦国最強の軍団を持ってます。

信長　あいつはヤバイよなあ。こないだから、越後の上杉ともう四回も川中島で派手な合戦をして、結局、信濃国を手に入れてやがる。次はお前んとこが狙われるぞ。

元康　だと思って、恐れてるんです。

信長　だから、俺と同盟を組もう。ウチは三河を攻めない。そうわかってりゃ、お前も安心して、他の敵にあたれるだろ？

元康　またまた、そんな恩着せがましく言って。わかってますよ。信長殿だって、美濃を狙って戦ってるから、本心は、隣のウチとの安全を確保しときたいんでしょ？

信長　ま、そういうことだ。ハハハ…、読まれてたな。さすが人質生活が長いと、人の言葉の裏を読むのがうまい。

元康　…………………………。

信長　だから、黙んなって！　誉めてんだって！

元康　どうせ私は、人質体質ですよ……。

信長　いじけるな。…あ、そうだ。俺には五徳《ごとく》っていう娘がいる。三歳だ。お前んとこの息子・次郎三郎《じろうさぶろう》は？

元康　同じく三歳です。

信長　ちょうどいいじゃないか。将来結婚させようぜ。これで、俺たちの盟約が確かなものになる。

元康　そうですね。

信長　よし。これで同盟成立だ！　ハハハハハ！

元康　……………………………………。

信長　どうした？　またなんか、いじけてるのか？

元康　（戦国の世の約束なんて、あってないようなもの。どうせ、どっちかが破るにきまっている。本当は、誰も信用なんかしないからな。）

❖

●五徳
（1559―1636）
信長の長女・徳姫。のちに松平信康（家康の嫡男）に嫁ぐ。嫁姑の諍いに端を発して、信康を切腹に追い込むことになる。

●次郎三郎
（1559―1579）
家康の嫡男・松平信康。のちに徳姫を妻とする。信長に内通・謀反の疑いをかけられて、切腹に追い込まれることになる。

◆清洲同盟◆この盟約は最初は対等の関係だったが、のち信長に家康が従う関係となる。しかしそれでも、信長が本能寺で討たれるまで、二十年続くことになる。戦国の世の盟約・誓紙は紙くず同然に破られるのがほとんどだが、長く続いた珍しい例といえる。

松永久秀、大仏殿を焼く ［1567］ 永禄十年

❖**登場人物**

松《まつ》永《なが》弾正《だんじょう》久《ひさ》秀《ひで》（戦国武将・57歳）

足利義輝の幽霊（元室町幕府将軍・享年29）

❖**場所**

炎上する東大寺大仏殿

松永弾正久秀と三好《みよし》三人衆（三好長逸《ながゆき》・三好政康《まさやす》・岩成友通《いわなりともみち》）は、将軍義輝を暗殺した。しかしすぐに、仲間割れをする。三好三人衆は奈良・東大寺に陣取り、久秀はそれを襲って火を放った…。

久秀　ははははは…。燃えろ、燃えろ！　こんな寺など、大仏もろとも燃えてしまえ！

幽霊　……コホッ、ケホッ…煙たいな。

久秀　むむ、誰だ？

幽霊　弾正。あいかわらず、乱暴にやっておるな。

久秀　…はて、その声は？

●松永弾正久秀（1510―1577）元は京都の商人だったという説がある。細川晴元の執事・三好長慶に仕えたが、嫡男を毒殺するなどして次第に

幽霊　俺だよ、足利義輝だ。ほれ、前の将軍の。
久秀　将軍義輝？　馬鹿な。二年前に殺したはずだぞ。
幽霊　そうだ、暗殺されたんだよ。お前らの手の者にな。だから、今は幽霊だ。ほら、見ろ。足がないだろ？
久秀　本当だ。…ということは、今は、利義輝か？
幽霊　なんだ、「カガヨシテル」って？
久秀　だって、「足」がないんだろ？
幽霊　うまいっ！　座布団一枚！
久秀　その座布団があっても、あんたの場合、座れないんだよなあ。
幽霊　くううう〰〰、ぐやじい〰〰〰。
久秀　義輝の幽霊が、なんでノコノコこんなところへ出てきた？
幽霊　大仏殿がえらく派手に燃えてるじゃないか。この合戦で、お前もそろそろこっちの世界に来るんじゃないかと思って、迎えにきたんだ。
久秀　甘いな、俺はまだまだ死なん。そういう甘い考えだから、あんたはあっさり暗殺されるんだよ。

主家を支配。さらに三好三人衆と謀って、将軍・義輝を殺害、一時的に畿内の実権を握る。その後、三好三人衆と対立、上京した信長に仕えるが、何度も背いた末に自害。

●足利義輝
（1536―1565）
室町幕府第13代将軍。三好長慶との抗争によって、入洛と追放をくり返した。大名相互間の調整役を務め、将軍権力の復帰を図った。

幽霊　むっ。言っとくけどな、あっさりじゃないぞ！　俺はこう見えて、塚原卜伝《つかはらぼくでん》に学んだ免許皆伝の身なんだ。人は俺のことを「剣聖将軍」とも呼ぶ。

久秀　だから二条城でお前らの手の者に襲われた時も、近習《きんじゅう》たちがバタバタとやられる中、俺は刀をとって勇ましく戦った。寄せくる敵を斬りまくり、刀が刃こぼれすると、畳に突き立てて、また別の刀を手に取り、ここかと思えばまたあちら…

幽霊　あのぅ…、その話、まだ長い？

久秀　…ここが一番いいとこなんだけど。

幽霊　そろそろ火がまわってきたんで、手短にお願いしたいんだが。

久秀　うう…。そのケンキョさが、俺の生前にもほしかった！

幽霊　あのな。もうあんた死んでるから、このさい言うけど、別にあんたが特別に憎かったってわけじゃないんだよ。この戦国の世じゃ、幕府とか将軍というシステムそのものが、とっくに制度疲労をおこしてるんだ。

久秀　まあ、元将軍の俺が言うのもなんだけど、それはうすうす感じてたよ。

幽霊　十四代目は傀儡《かいらい》の義栄《よしひで》にやらせたけど、まったく役に立たんしな。

久秀　あいつは駄目だ。

●三好三人衆
三好長逸・三好政康・岩成友通の三人のこと。それぞれ三好氏の一族・重臣。三好長慶の死後、幼い後継者・義継の後見役として台頭、松永久秀と永禄の変をおこすなどしたが、その後、義継や松永久秀と対立した。

●二年前に殺した…
1565年の永禄の変のこと。松永久秀、三好三人衆の軍勢が二条城を襲って義輝を殺害した事件。義輝を廃して、傀儡にできる足利義栄を擁立しようとした。幕府・将軍の権威が急速に弱体化した。

久秀　足利家も長くないぞ。
幽霊　長くないだろうな。
久秀　時代だな。
幽霊　…時代だな。
久秀　…………。
幽霊　…………。
久秀　うわっち、ち、ち！　火の粉が…。二人でまったりしてる場合じゃない！
幽霊　お前、こんな由緒ある寺とか仏像とかを燃やしたら、罰が当たるぞ。
久秀　笑わせるな。木と銅でできたモノを焼いただけで、罰なんか当たるもんか。
幽霊　あいかわらずリアリストじゃのう。
久秀　こんなもの、派手な野点《のだて》だ。湯を沸かして、茶でも点てりゃいい。
幽霊　そういや、お前、あの「九十九茄子《つくもなす》の茶入れ」とか、「平蜘蛛《ひらぐも》の釜」とか持ってるんだろ？
久秀　ああ。
幽霊　欲しがってるらしいぞ。

●塚原卜伝
（1489―1571）戦国時代の剣豪・兵法家。鹿島新当流を開いた。39度の合戦、19度の真剣勝負で一度も負傷しなかったと言われる。

●足利義栄
（1538―1568）室町幕府第14代将軍。13代義輝を殺害した久秀と三好三人衆に擁立されたが、しばらく即位できず、即位後も入京できずにいた。織田信長が足利義昭を奉じて上洛すると阿波に逃亡。背中の腫れ物が悪化して病死。

久秀　誰が？

幽霊　織田信長ってやつだ。

久秀　ふ〜ん。尾張から出て、あの今川義元を破り、最近、美濃も手に入れたというやつか。日の出の勢いらしいな。

幽霊　以前一度だけ、急に上洛してきた時、会ったことがある。あの目は、なんかやらかす目だ。タイプとしてはお前に似てるが、お前ほど悪人面じゃない。

久秀　悪かったな、悪人面で。

幽霊　齢は俺ぐらいだが、なんかまったく新しい種類の人間、という気がしたぞ。

久秀　……ほう。

幽霊　たしかに、もう俺みたいな将軍の時代じゃないかもしれんが、お前みたいな乱暴者の時代でもないんだ。さあ、一緒に行こう。

久秀　…悪いが、俺は百二十五歳まで生きるんだ。

幽霊　百二十五？　また大法螺を。

久秀　根拠のないことを言ってるんじゃないぞ。将軍は鈴虫をご存じか？

幽霊　ああ。美しい音色で鳴く秋の虫だ。

●九十九茄子の茶入れ
室町幕府第3代将軍・足利義満が秘蔵した唐物茶入れ。その後、足利将軍家代々→山名政豊（8代義政臣下）→村田珠光（政豊の茶道の師）→朝倉太郎左衛門→京都豪商・袋屋に預ける→天文法華の乱のどさくさで松永久秀の手に→臣従の証しとして信長へ、という道をたどる。現在は東京・静嘉堂文庫美術館に保存されている。

●平蜘蛛の釜
蜘蛛がはいつくばっているような形をしていたことから、その名がつけられた。九十九茄

久秀　鈴虫の寿命は一年といわれる。しかし、俺は実際に飼って、実験してみたのだ。条件さえよければ、鈴虫は三年生きる。

幽霊　知らなんだ。お前は、虫オタクだったのか。

久秀　鈴虫にだってできることだ。人間も養生しだいで長寿を保てる。俺は百二十五歳まで生きるんだ。

幽霊　そうか。ならば、こっちの世界に来るのはだいぶ先になるな。まあ、待ってるぞ。

（と、炎と煙の中に消えていく）

久秀　あばよ。まずは、にっくき三好三人衆を、先にそっちへ送り出してやるぜ。

♪も～えろよ　もえろ～よ　東大寺よも～え～ろ～　…♪

……やっぱり、俺、罰当たるかな？

❖

子を信長に献上した久秀だが、こちらはどんなに所望されても断っている。

◆松永弾正久秀◆裏切り、暗殺、謀反の人生を歩み、北条早雲・斎藤道三と並んで、戦国三梟雄《きょうゆう》と呼ばれる。信長上洛のおり「九十九茄子」の茶入れを献上する。が、「平蜘蛛の釜」は決して信長に譲らなかった。最後は信長に謀反を起こし、平蜘蛛の釜を自らの体にくくりつけて爆死した。

姉川の戦い ［1570］ 元亀元年

❖登場人物

浅井長政《あざいながまさ》（近江の戦国武将・25歳）

朝倉義景《あさくらよしかげ》（越前の戦国武将・37歳）

❖場所

近江国・小谷《おだに》**城**

織田信長はすでに「天下布武」の旗印を掲げ、着々と全国統一を進めていた。足利義昭《よしあき》を将軍に立てて入京。そして、京に近い近江・浅井氏と越前・朝倉氏の平定に乗り出した…。

浅井　どーもォ、浅井です。

朝倉　朝倉です。

浅井　二人合わせて、

浅井・朝倉　浅井朝倉で～す。

朝倉　どうか、名前だけでも覚えて帰ってください。

●浅井長政（1545―1573）
近江の戦国大名。領国経営の一方で、織田信長とは友好につとめたが、信長の越前侵攻に対しては、かねてから

浅井　いやぁ、いよいよ始まりましたね。「姉川の戦い」。
朝倉　私たち、今、そのまっただ中にいるんですよ。
浅井　世間では「天下分け目の戦い」と呼ばれてますからね。
朝倉　それは「関ヶ原」だろ。まだ始まってないよ！
浅井　でも、長い目で見りゃ、天下分け目の戦いの、前哨戦とも言えるだろ？
朝倉　そりゃまあ、長い目で見りゃ、言えなくもないけどな。
浅井　もっと長〜い目で見りゃ、戊辰《ぼしん》戦争の前哨戦。もっともっと長〜い目で見りゃ、第二次世界大戦の前哨戦…
朝倉　そんなわけねえよ！
浅井　姉川というのは、この近江国で、琵琶湖に注いでる川でしてね。私の地元。
朝倉　私は、越前から応援に来てる。というのは、こないだ助けてもらったから。
浅井　そう。二カ月前、織田信長が越前を攻めに行ったんですよ。「俺に越前ガニを食わせろー！」って。
朝倉　そんな理由じゃねえよ。
浅井　「俺に越前蕎麦を食わせろ！」だっけ？

同盟関係にあった朝倉氏と協力した。

●朝倉義景（1533—1573）越前の戦国大名。信長と対立して何度か交戦におよんだ。

朝倉　グルメレポーターじゃないんだから、食い物の問題じゃないよ。

浅井　「俺にいい眼鏡フレームを寄こせ！」だっけ？

朝倉　福井の名産を順に紹介してるんじゃねえよ。

浅井　で、いい眼鏡フレームを手に入れたけど、帰りに落っことして、「メガネ、メガネ…」の芸で爆笑をさらって。さすが、やっさんの芸は凄いって感心されて…。

朝倉　なんの話してんだよ！　だいいち、誰だよ、やっさんって。

浅井　徳川家康。…信長軍に参加してただろ？

朝倉　なんだ、その、してやったりみたいな顔は。

カニでも蕎麦でも眼鏡でもなく、信長は「天下布武」の看板を掲げて、私の本拠地である越前・一乗谷《いちじょうだに》を攻め落とそうとしたんだよ。

浅井　あのままだと、お前やられてたな？

朝倉　ほんと、危なかったよ。それをお前が後ろからはさみ撃ちにしてくれたんで、助かったんだ。

浅井　私の妻は、信長の妹・お市の方だから、織田家とわが浅井家は親戚関係になってる。それで信長は安心してた。だけど、織田と親戚になるずっと前から、浅井と

●天下布武
美濃攻略を成功させた頃から織田信長が朱印などに用いた言葉。「武力で天下をとる」「武家の政権が天下を治める」と解釈される。信長の天下統一のキャッチコピー。

●一乗谷
現在の福井県福井市街の東南、川沿いの細長い谷間にあった朝倉氏の拠点。朝倉氏居館があり、城下町が形成された。山と川に囲まれた天然の要害。

朝倉　朝倉は仲がいいからね。私は友情の方を取って、後ろから信長を攻めたんだよ。
浅井　信長はびっくりしてたね。
朝倉　「後ろからはやめて！」って。
浅井　下ネタかよっ！
朝倉　信長は、攻めてた金ヶ崎《かねがさき》城から大急ぎで逃げ帰っていった。
浅井　あの時が、信長を倒す唯一のチャンスだったなあ。
朝倉　倒してりゃ、いま頃、織田信長に代わって、この浅井長政の天下だよ。そしたら
浅井　私も「天下布武」の看板を掲げて、堂々と越前の朝倉を攻める。
朝倉　結局、ウチを攻めるのかよ⁉
浅井　「越前ガニを食わせろー」と。
朝倉　だから、越前っていや、カニしかないのかよ！
浅井　でも残念なことに、我々は信長を討ち逃がした。
朝倉　で、その時の仕返しに、いま織田・徳川連合軍が攻めてきてるってわけだ。
浅井　姉川をはさんで、川の向こうに、織田軍二万と、徳川軍五千。
朝倉　あわせて二万五千。

●金ヶ崎城から…
「金ヶ崎の退き口（のきぐち）」とも言われる織田・徳川軍の撤退戦。朝倉氏領内に侵攻した織田・徳川軍が浅井長政の裏切りで挟撃にあう。信長は越前敦賀から近江の朽木峠を越えて京へ逃れた。

浅井　消費税加えると、二万六千二百五十。
朝倉　なんで消費税加えるんだよ！
浅井　あれ？　込みだっけ？
朝倉　どっちでもないよ！　兵隊の数に消費税は関係ないだろ！
浅井　でも、戦ってのは兵力を消費するもんだぜ。
朝倉　社会風刺のつもりかっ！
浅井　対するこっちは、浅井軍六千と、朝倉軍八千。
朝倉　あわせて一万四千。
浅井　二万五千対一万四千か。…こりゃ不利だね。負～けたっと。
朝倉　あきらめるの、早いよ！
浅井　こうなったら、わが小谷城に籠城するか？
朝倉　でも奥さんの、お市の方はどうなる？
浅井　正直言って、攻めてくるのが実の兄というのは、微妙な心境だろうね。夫の私が言うのもなんだけど、嫁ぎ先の浅井側に立ちたい気持ちと、織田側に立ちたい気持ちが揺れ動いてるんでしょう。

●小谷城
浅井氏の居城。現在の滋賀県湖北町にある。堅固な山城として知られたが、織田信長に攻められて１５７３年に落城。

朝倉　裏切って内通するかもしれんぞ。
浅井　「姉がわ」だけど、心は「兄がわ」ってね。
朝倉　うまいこと言った、って顔すんな！
浅井　逆に、信長から見れば、「姉がわ」だけど、敵は「妹がわ」。
朝倉　二度押しすんな！
浅井　嫁姑でもめた時、夫の私は、あっちで「嫁がわ」、こっちで「姑がわ」。
朝倉　肝心の「姉」がなくなってるじゃねえか！　いいかげんにしろ…ああっ、織田側が攻めてきた！
浅井　攻めるは「織田がわ」、守るは「浅井がわ」、ここは「姉がわ」。
朝倉　まだ言うか！　いいかげんに…わああ〰〰〰〰！
浅井　わあああ〰〰！　たすけて〰〰〰〰〰〰！

❖

◆**姉川の戦い**◆織田・徳川連合軍が勝った。が、浅井・朝倉は滅ぼされたわけではない。3年後、信長は再び浅井・朝倉を攻める。朝倉義景は一乗谷まで追撃されて滅亡。浅井長政は、お市の方と幼い娘三人（茶々・初・江《ごう》）を信長のもとへ帰らせたのち、小谷城で自刃《じじん》する。

●お市の方（1547—1583）信長の妹で、浅井長政の妻。小谷の方とも呼ばれる。

比叡山焼き討ち

［1571］元亀二年

❖登場人物

織田信長（戦国武将・37歳）

足利義輝の幽霊（元室町幕府将軍・享年29）

❖場所

炎上する比叡山《ひえいざん》の寺々

比叡山延暦寺《えんりゃくじ》は浅井・朝倉と結んで、信長の天下統一に抵抗していた。比叡山は宗教勢力の拠点であり、近江・北陸と京を結ぶ交通・軍事上の要所でもある。そこで信長は全山焼き討ちをおこなった…。

信長　ははははは…。燃えろ、燃えろ！　こんな寺など、坊主もろとも燃えてしまえ！

幽霊　……コホッ、ケホッ…またか…、煙たいな。

信長　むむ、お前は誰だ？

幽霊　足利義輝だ。ほれ、前の前の将軍の。

信長　将軍・義輝は…、たしか、とっくの昔に死んでるだろ？

幽霊　とっくの昔って、まだ六年前だけどな。戦国の世は時代の移り変わりが早いから、すぐに忘れられちゃうんだなあ。寂しいよ。

信長　わしは幽霊だよ。ほら、見ろ。足がないだろ?

幽霊　ということは…、利義輝だな?

信長　あ。そのネタ、もう前にやってるから。

幽霊　くそう……。同じシチュエーション使いやがって、作家の手抜きか?

信長　そうかもしれんな。

幽霊　でも、義輝の幽霊がなんでノコノコこんなところへ? よく考えたら、俺、お前とあんまり関係ないぞ。俺の前に化けて出るなら、将軍・義昭の幽霊だろ。

信長　義昭はまだ死んでないだろ! 出れるか!

幽霊　あ、そうか。

信長　お前とそっくりな男が、以前似たようなことをしたんでな。面白くなって見にきたんだ。

幽霊　そっくりって、誰だ?

信長　松永弾正久秀だ。

●足利義昭(↓p98)

信長　あの天下の極悪人か!?　冗談じゃない、あんなくそジジイと一緒にするな。
あの男は、常人にはできない悪事を三つもやってのけたんだぞ。
「主家・三好家を滅ぼした。
東大寺大仏殿を焼き払った。
そして、将軍・義輝、つまりあんたを暗殺した。」

幽霊　ははははは…。たしかに、そうだな。
しかし信長、お前だって、
「主家・斯波《しば》家を滅ぼした。
いま、比叡山を焼き払っている。
そして、お前が将軍につけた俺の弟・義昭を、いずれは追放するつもり。」
…なんだろ?

信長　うぐぐ…、図星だ。

幽霊　お前らは、同じタイプの男なんだよ。

信長　あのな、もう、幕府とか将軍とか言ってるのが古いんだ。

幽霊　それも弾正が言ってた。

●悪事を三つも…
信長が久秀を家康に紹介した時のセリフとして知られる。江戸中期の逸話集『常山紀談』に記述がある。

●主家・斯波家を…
織田一族内の主導権を握った信長は、尾張守護として主家・斯波氏の義銀（よしかね）を擁立する。傀儡の立場を脱して復権を図る義銀は、近隣武将と通じて信長を討とうと画策。それを知った信長は義銀を追放し、斯波氏は事実上滅んだ。

信長　足利家は、もう終わりだ。
幽霊　それも言ってた。
信長　………ぐうう…………、うわっちっち、火の粉が！
幽霊　ははは、そういうところもそっくりじゃ！
　　きっとお前も、神仏の罰なんか信じてないから、こんな風に平気で焼き討ちができるんだろ？
信長　当たり前だ。木とか銅でできたモノを焼いただけで、罰なんか当たるもんか。
　　だいたい、ここの連中はな、女は連れ込む、肉・魚は食う、酒は飲む、金儲けに走る…と堕落しきってる。浅井・朝倉と通じてるのも気に食わん。
　　なにが御仏に仕える身だ。いるのは生臭坊主ばっかりだ！
幽霊　そこのところは、都の連中もみんなそう思っておるな。
信長　だろ？　そのくせ、偉そうに権威ばっかりを主張する。そして、生意気に俺に楯突く。この比叡山もそうだし、石山本願寺もそうだ。
　　そんなやつらは根こそぎ、俺が成敗《せいばい》してくれる。偽物の神も仏もいらん。俺が神になる！

●石山本願寺
摂津国石山（現在の大阪市中央区）にあった浄土真宗の本山。11世顕如が反信長をとなえ、堅固な石垣で要塞化したこの寺にこもって戦う。その戦いは石山合戦と呼ばれ、1570年から1580年の11年におよんだ。

幽霊　威勢がいいのう。お前には怖いものなんかないんだろうな。
信長　ない。
幽霊　甲斐の武田もか？
信長　…う、あいつは、ちょっと怖いな。
死んだ人間より、生きてる人間の方が怖い。
幽霊　あとは、熱〜いお茶が一杯怖い、か？
信長　なんだ、そりゃ？　あ、お茶といえば、あの松永弾正、俺が上洛すると、すぐにヨイショに来て、「九十九茄子の茶入れ」を献上してきた。だけど、「平蜘蛛の釜」は、俺が頼んでも、どうしてもくれん。
幽霊　その弾正が「もうすぐそっちへ送ってやる」って言ってた、三好三人衆だが、まだこっちに来ないな。あいつら、どうしてる？
信長　あいつら、いったん四国・阿波まで逃げてたが、また勢いを盛り返して、生意気にも俺に反抗してる。
幽霊　そうなのか。弾正もまだ元気だしな。
信長　あのジジイ、もう還暦なのにピンピンしてるぞ。

幽霊　弾正は、百二十五歳まで生きるって言ってた。
信長　百二十五？　そんなに生きてどうする。人生なんてたかだが五十年だ。
幽霊　♪人生五十年〜　下天の内を……
信長　待て、待て。こんなところで舞わんでいい。
幽霊　ま、とにかく、パッと咲いてパッと散るのが、俺の人生哲学よ。
信長　そうか。ならば、こっちの世界に来るのは、意外に早いかもしれんな。じゃあ、待ってるぞ。（と、炎と煙の中に消えていく）
幽霊　あばよ。それまで寂しくないように、坊主連中をどっさり、先にそっちへ送ってやるぜ。
　　　♪燃〜えろよ　燃えろ〜よ　比叡山よ燃〜え〜ろ〜　…♪
信長　……ふん。俺には、罰なんか当たらんからな。

❖

◆比叡山焼き討ち◆こうして僧俗三千〜四千人が斬り捨てられ、全山にわたって放火された。平安時代以来、絶大な宗教的権威と世俗的権威を誇っていた比叡山勢力は、信長によって完膚《かんぷ》無きまでにたたきのめされた。

武田信玄、死去

[1573] 天正元年

❖登場人物

武田信玄（戦国武将・52歳）

家来（影武者候補）

❖場所

信濃国・駒場《こまんば》

武田信玄は、将軍・足利義昭をはじめ、越前の朝倉、近江の浅井、石山本願寺らの勢力と「信長包囲網」を形成していた。しかし、満を持しての上洛の途中で、病に倒れた…。

信玄　う、う……わしは、もう、長くない。

影武　御館様！　しっかりなさってください！

信玄　………三方ヶ原《みかたがはら》の戦いが、…最後になったのう。

影武　京に上る途中でしたな。

信玄　徳川軍を完膚無きまでに叩き散らした。は、は、は…、愉快、愉快。敵の大将は、

●三方ヶ原の戦い
1572年、遠江三方ヶ原（現在の静岡県浜松市）で起こった武田信玄軍と徳川家康軍の戦い。信玄の西上にともなう戦いで、家康は

影武　きっと逃げる途中、馬上で大便でも漏らしとるだろうて……。
信玄　あれは見事な戦いぶりでございました。
影武　……わが武田も見事だったが、徳川も見事じゃった。
信玄　はて？　徳川の完敗と見受けましたが。
影武　わが軍はあえて浜松城を攻めなかった。…だから、向こうは、あのまま籠城しておれば、無傷だったのじゃ。
信玄　たしかに。しかし、討って出てきましたな。わが武田軍二万五千に対して、たかだか一万ほどの軍勢で。
影武　そこじゃ。命は安全じゃが世間に腰抜けと後ろ指さされるより、負けるとわかっていても、武士の意地で討って出る。…結局は、それが将来大きな財産になるとわかっておったからじゃ。
信玄　なるほど。
影武　徳川家康といったな。あの男、のちに大きくなるやも、しれんぞ。
信玄　あのあと、野田城を落とした頃から、御館様の体調が…。
影武　うむ。それでやむなく、甲斐に戻ることにしたが……ここは、どこじゃ？

歴史的大惨敗を喫する。

影武　信濃国・駒場でございます。
信玄　………。結局、甲斐には戻れなかったか。
影武　なにをおっしゃいます！　甲斐には戻れます。そして、回復して、今度こそ京に上りましょうぞ！
信玄　海が…
影武　は？
信玄　海が見たいのう…。
影武　……御館様が、そんな詩人だとは存じませんでした。
信玄　馬鹿もの！　わが甲斐は山国じゃ。海がない。……だから、海が欲しくて、わしは、ずっと戦をくり返してきた、ということじゃ。
影武　やはり、御館様も、砂浜をおなごとたわむれて歩きたかったですか？「うふふふふ、さあ、あたしをつかまえてごらん♥」って。
信玄　再び、馬鹿もの！　…グフッ、ゲホッ、ゴホッ……。
影武　しっかり！
信玄　…お前が、突っ込ませるからじゃ。

●信濃国・駒場
西上作戦の途上で信玄は持病が悪化、軍を甲斐に引き返す道中、信濃国駒場で病に伏す。

影武　すみません。
信玄　海があれば、港で南蛮貿易をして、武器や富が入るということじゃ。
影武　そうでしたか。でも、御館様のおかげで、今では駿河を手に入れました。
信玄　ああ。…しかし、振り返ってみると、わしの人生は戦ばっかりだった。
　　　川中島の戦いは…、あれは都合、何回やったかのう…?
影武　五回でございます。
信玄　結局、全部引き分けじゃったのう。
影武　はい。ですが、信濃国はしっかりわが武田の版図《はんと》となっております。
信玄　あの時、……山本勘助が、わけのわからん表を作ってきたのも、今となっては、
　　　よい思い出じゃ。
影武　よい計略だったのですがな。
信玄　あの「キツネツキの計」な。
影武　「キツツキ」でございます。
信玄　その勘助とも、これから向こうで会えるのう。…懐かしいのう、会ったらなんと
　　　言ってやろう。信繁とも会える。上杉謙信とも、会えるのう。

影武　謙信殿は、まだご存命です。
信玄　……そ、そうか。では、先に行って待っておると伝えてくれ。うほっ…、げほっ……うぐ………。
影武　大丈夫ですか！
信玄　耳を、もそっと、こちらへ。
影武　は。（顔を近づける）
信玄　これから申すは、ここだけの秘密じゃ。
影武　は。
信玄　わしの運命は、今日で終わった…。
「風林火山」の旗を京に揚げずに死ぬのは、心残りじゃ……。
しかし、信玄死すと聞こえたならば、敵が蜂起するのは、必定《ひつじょう》。
そこで、三年間はわしの死を秘せ。影武者を立てよ。
その間に国内を固め、兵を養い、必ず一度は京に攻め上れ。
たとえ死しても、それにまさる喜びはない。
影武　御意。

信玄　………頼んだぞ。
影武　御意。
信玄　…う、うぐっ…あああ！
影武　御館様！
信玄　う………、げほっ、…………ガクッ。
影武　御館様！　御館さまぁ〰〰〰〰〰〰〰〰〰〰〰〰〰！
信玄　………という風に、さきほど亡き殿の命《めい》をたまわった、私が、影武者だ。
影武　わ、わ！　…そ、そうだったんですか⁉
信玄（影武者）　どうだ、ソックリだったろう？
影武　ええ。…あれ？　ということは、私は？
信玄（影武者）　三年の間に、私に何があるかわからん。お前は影武者の影武者。スペアじゃ。

❖

◆武田信玄の死◆信玄の死によって、織田信長の最大の脅威が消えることになる。これで、信長による天下統一に拍車がかかっていく。武田の家督は、信玄の息子・勝頼が継ぐ。勝頼は遺言を守って葬儀をおこなわず、信玄の死を秘匿した。が、秘密は二カ月ほどしかもたなかった。

室町幕府滅亡 ［1573］ 天正元年

❖登場人物  **足利義昭**（室町幕府第十五代将軍・36歳）  **レポーター**

❖場所 **山城国・槙島《まきしま》城**

将軍・義昭は信長包囲網を敷き、甲斐の武田信玄には上洛の命を出した。これに対して、信長は義昭を追放する。義昭は抵抗して信長に戦いを挑んだが、信玄死すの報を聞き、ついに幕府は滅亡する…。

レポ　それではこれより、足利義昭殿の記者会見をおこないます。将軍、どうぞ。

義昭　（一礼して、紙を読み上げる）えー、「わたくし足利幕府第十五代将軍・義昭は、ここに幕府を閉じることを発表します」。

レポ　それは、本日付で征夷大将軍を辞任なさる、ということでしょうか？

義昭　いいえ。将軍職はまだ賜《たまわ》ったままですが、幕府機能を実質的に停止するということ

●足利義昭（1537－1597）室町幕府第15代将軍。兄の13代将軍・義輝を殺した松永久秀らによって拉致幽閉されるが脱出。若狭武田や朝倉

とです。近習の者たちとも相談し、△田◆◎殿とも相談し、混乱を避けるため、早めに発表した方がいいだろうということで、ここに記者会見の席を設けさせていただきました。

レポ　すみません、いまのお言葉、途中がちょっと聞き取れなかったのですが、もう一度お願いします。「近習の者たちとも相談し…」の後です。

義昭　あ、そうですか。えー…、コホン。…近習の者たちとも相談し、■田#長殿とも相談し…。

レポ　すみませ～ん、やっぱり聞き取れないので、もう一度お願いします！

義昭　……コホン。…いいですか？　近習の者たちとも相談し、…オ・ダ・ノ・ブ・ナ・ガ殿とも相談し…です。

レポ　ああ。織田信長ですね。
それで、辞任を決意されたのはいつでしょうか？

義昭　辞任そのものは、ここ一年ばかり、ずっと意識をしていましたが、心を決めたのは、ここ槇島城が信長軍に包囲され、本日、私の息子・義尋《よしひろ》を、人質として、差し出した時です。

義景を頼って上洛の機会をうかがったが果たせず、織田信長に奉じられて入洛、幕府再興を果たす。当初は信長と協調関係にあったが、信頼関係は長続きせず、信長討伐の包囲網をつくるなどして対立する。

レポ　本日、ですね？
義昭　…はい…本日、です。
レポ　失礼ですが、いま目に光ったのは、涙？
義昭　い、いいえ…。これは汗です。山城国の七月は、暑いのです。ぐすっ…。
レポ　それでは将軍としての在任期間を、簡単に振り返っていただきたいのですが、…ええと、手元の資料によると、将軍職におつきになったのは、永禄十一年の十月十八日ですね？
義昭　はい。間違いありません。
レポ　たしか就任前は、越前の朝倉義景殿のところにいらっしゃり、それから美濃の織田信長殿のところに行き、そこから信長殿に奉じられて将軍職におつきになったと記憶しますが。
義昭　はい。その通りです。
レポ　当初は信長殿とも良好な関係で、蜜月状態だったとお見受けしましたけれど、いかがだったのでしょう？
義昭　ええ。関係はきわめて良好でした。私は信長殿に副将軍の座をお贈りしようとし

●ここ槙島城が…
正親町天皇による勅命で和睦した義昭と信長だったが、1573年、義昭は勅命を破棄して再度挙兵。宇治川の中州にある槙島城に立てこもったが、信長軍の包囲・攻撃に嫡男を人質に差し出して降伏。信長は義昭を追放した。

たほどです。

レポ　信長殿はお受けにならなかったのですか。

義昭　…ええ。なにか別にお考えがあるようでした。

レポ　一部からは、「信長殿の傀儡将軍」ではないか、という見方もありましたが。

義昭　傀儡⁉　誰だ、そんなことを言うのは！（突然、立ち上がる）俺は立派な将軍だ！

　諸大名に書状を送ったり、本願寺と朝倉の間を和解させようと、いろいろ骨を折ったりした。この国を統《す》べる将軍としておおいに働いたのだ！

レポ　ま、まあ、そんなに興奮なさらずに。どうぞ、お座りください。

義昭　…あ。も、申し訳ない。ついカッとして。（座る）

レポ　えー、では質問を変えます。四年十カ月に及ぶ将軍在任期間で、一番思い出に残っていることを一つ、お教えください。

義昭　思い出…ですか、いっぱいありすぎて、なかなか一つに絞れませんが…、しいてあげると、私のために、新しく、大きな立派な二条城ができたということでしょうか。

レポ　新二条城は、信長殿がお造りになったんですよね。

●二条城
永禄の変で焼失した兄・義輝の二条城の跡地を中心に、信長が義昭のために建てた城。松永久秀らの勢力からの保護が目的で、二重の堀や天主を備えた城郭のような邸だった。

義昭　はい。

レポ　質問を蒸し返すようで申し訳ありませんが、当初はそれほど関係のよかったお二人が、のち、離反するのはなぜでしょう？　将軍の命で本願寺・浅井・朝倉・武田信玄などによる、いわゆる「信長包囲網」ができあがりますよね？

義昭　…う〜ん…、まあ、その……、性格の不一致とでも申しましょうか、あるいは価値観の違い、音楽性の相違……？　あとはご想像におまかせします。

レポ　いま振り返ってみて、何か心残りなことはございますか？

義昭　上洛途中の武田信玄殿が病に倒れず、存命だったらな……と思います。まあ、「たら・れば」の話をしても詮《せん》ないことですが。

レポ　今のご心境は？

義昭　いろいろありましたが、今はすっきり、さばさば。この夏の空のように晴れやかな気分です。

レポ　幕府を閉じることを誰かに報告しましたか？

義昭　もちろん、開祖・足利尊氏《たかうじ》公の霊に「二百三十五年に及んだ幕府を、私の代で終わらせてまことに申し訳ない」とご報告申し上げました。

●足利尊氏
（１３０５—１３５８）
室町幕府初代将軍。

レポ　なにか、今後のご予定はあるのでしょうか？

義昭　そうですね。毛利を頼って、備後《びんご》の鞆《とも》にでも行き、しばらくのんびりしてみようかなと思っています。

レポ　自分探しですか？

義昭　この年になって、自分探しもないでしょう。あははは。

レポ　そうですね、ははは。では、大変なごやかな雰囲気の中、記者会見を終わらせていただきます。本日はどうも、ありがとうございました。

義昭　…………（小さく）くそぅ、信長め。

レポ　今のは？　今のは、涙ですか？

義昭　………いいえ。汗です。

❖

◆室町幕府滅亡◆信長は将軍殺しの汚名を着るのを嫌って、義昭を追放した。幕府滅亡後、元号は「元亀」から「天正」に改元される。これまでの二重政権状態が解消し、織田信長政権がはじまった。

第三幕

太閤

甲斐国・躑躅ヶ崎
p108 1575（天正3）
長篠の戦い

第三幕　関連地図

越前国・北ノ庄城
p150 1583（天正11）
賤ヶ岳の戦い
京都
p120 1581（天正9）
信長、京都大馬揃え
京都・本能寺
p126 1582（天正10）
本能寺の変
大坂湾上・木津川口
p114 1578（天正6）
石山本願寺攻め・
木津川口の海戦
備中国・高松城
p138 1582（天正10）
本能寺の変・中国大返し
大坂城
p156 1586（天正14）
秀吉、豊臣姓を賜る
大和国・郡山城
p144 1582（天正10）
山崎の戦い
伊賀国
p132 1582（天正10）
本能寺の変・伊賀越え

長篠の戦い

[1575] 天正三年

❖登場人物

武田勝頼（戦国武将・29歳）

匿名希望の老臣

❖場所

甲斐国・躑躅《つつじ》ヶ《が》崎《さき》館《やかた》

信玄亡き後、織田信長・徳川家康連合軍の逆襲が始まる。三河の長篠《ながしの》城をめぐって織田・徳川連合軍と武田軍が戦い、武田は大惨敗を喫した。勝頼は少数の従者と、ほうほうの体で甲府に逃げ帰った……。

老臣　はぁ～……。（ため息）

勝頼　…………。

老臣　はぁ～～～～～～～～。

勝頼　……、あ、あのう……。

老臣　はぁ～～～～～～～～～。…ふぅ～～～～～～～～～。

●武田勝頼
（1546—1582）
武田信玄の四男。廃嫡された義信に代わって家督を継ぐ。甲相駿同盟を破棄して三河に侵攻、織田・徳川と対立

勝頼　…さ、さっきから、ため息ばっかりついておるが…
老臣　ため息、つきたくもなります。はぁ〰〰〰。
勝頼　…あのな、戦というものは、勝つ時もあれば負ける時も…
老臣　負け方にもほどがありますっ！
勝頼　ひっ。
老臣　長篠の戦いは、織田・徳川軍三万八千に対して、わが武田軍一万五千。数の少なさは最初からわかっておりましたが、まさか無事帰還できたのが、たったの三千とは。生還率二割！　ああ、先代だったらこんなことには…
勝頼　だ、だが、敵の、あの凄い鉄砲隊が…
老臣　あれには私も驚きました。鉄砲というのは弾を込めてから撃つまでに時間がかかるものですが、あんな早さで連射してくるとは。
勝頼　信長は、鉄砲隊を三列に組織しておったようだ。
老臣　おかげで、わが武田が誇る騎馬隊は鉄砲の餌食。山県昌景《やまがたまさかげ》、内藤昌豊《ないとうまさとよ》、馬場信春…先代からの猛将たちがことごとく散ってしまった。
勝頼　名だたる勇将が、鉄砲を持っただけの足軽どもに……。戦は変わった。

し、長篠の戦いで大敗。

●躑躅ヶ崎館
武田氏の本拠地。信虎、信玄、勝頼三代にわたる。現在の山梨県甲府市の原型。

●鉄砲隊を三列…
発砲までの準備に時間のかかる鉄砲を横長の3隊に分け、最前列が発砲したら後ろに引き、準備をしていた次の列が前に出て発砲、退いたら第3列が前に出て発砲――という戦法。織田軍の鉄砲は1000丁とも3000丁とも言われる。

老臣　信玄公が亡くなってわずか二年で、武田軍団の屋台骨はボロボロになってしまいました。ああ、先代だったらこんなことには…

勝頼　申し訳ない。

老臣　はぁ〜〜〜。やっぱり二代目は…

勝頼　待てよ。だって元々、父上は十九代目じゃないか。

老臣　それはそれ、これはこれ。信玄公の時からお仕え申し上げてる身としては、どうしても先代と比べてしまうのですよ。

勝頼　そんなこと言うが、わしが東美濃の城を取って信長を追い返した時。亡き父も落とせなかった高天神城《たかてんじん》を落として、徳川から東遠江を手に入れた時。みんな、わしを「先代を上回る名君」と持ち上げてたじゃないか！

老臣　だから、それはそれ、これはこれ。これほどの大敗を喫してしまうと、人心も離れてしまうのです。殿、よもや、先代がのこされたお言葉を、お忘れではあるまいな？

勝頼　覚えているに決まっておる。

●山県昌景（1529—1575）
武田信玄の近習、使い番を経て侍大将となる。信玄没後、勝頼に仕えるが、折り合いが悪かったと言われる。

●内藤昌豊（1522—1575）
全権名代として北条氏との和睦をおこなうなど、信玄の信頼の厚かった家臣。信玄没後、勝頼に仕えるが、他の老臣と同じく、折り合いが悪かったという。

老臣　では、試してみます。先代が好きな言葉で、「人は…」で始まる名言は？
勝頼　そんなの簡単だ。「人は城、人は石垣」。
老臣　その先がありますぞ。
勝頼　「人は城、人は石垣、人は…、えーと、人は…、ひ、ひとは……
老臣　その先はなんですか？　さあ、さあ！
勝頼　「人は城、人は石垣、人は……パンのみにて生きるにあらず？」
老臣　残念でした！　正解は、
　　　「人は城、人は石垣、人は堀、情けは味方、仇《あだ》は敵なり」です。
　　　♪　甲斐の山々～　陽《ひ》に映えて～
勝頼　う、歌わんでよい。…これ、立ち上がるな。座れ。
老臣　……すみません。つい甲州者の血が騒ぎまして。
勝頼　ちょっと度忘れしただけだ。本当はちゃんと覚えておる。
老臣　そうですか？　では、第二問。武田の旗指物《はたさしもの》の言葉といえば……
勝頼　風林火山！
老臣　…ですが、

●東美濃の城を…
●高天神城を…
信玄以上の勢力拡大を目指し、織田領の東美濃・明智城を攻め落とし、立て続けに徳川領の遠江・高天神城を陥落させた。高天神城は堅固で有名で、父・信玄も落とせなかった。

勝頼　くそう、引っかけか。

老臣　その意味は何ですか？　次の［空欄］を埋めなさい。

勝頼　まったくもう、ウチの家臣はフリップ作ったり、空欄問題作ったり…

老臣　□こと風の如く、□なること林の如く、
□すること火の如く、□ざること山の如し
さあ、さあ、さあ！

勝頼　えーと……
［疾き］こと風の如く、［徐か］なること林の如く、
［激怒］すること火の如く、［メガネ］ざること山の如し
…どうだ？

老臣　残念でした！　正解は、
［疾き］こと風の如く、［徐か］なること林の如く、
［侵掠］すること火の如く、［動か］ざること山の如し
…でした。なんですか、その「メガネざる」って！

勝頼　いや、なんか語呂がいいなと思って…。

●木曽義昌
（１５４０—１５９５）
木曽義仲の嫡流と言われる戦国武将。武田家に従ったが、信玄没後、勝頼への不満が爆発、織田信長に通じて反旗を翻す。

老臣　最後の質問です。この惨状で、今後、武田から他家に寝返る者が出てくると考えられます。

勝頼　うむ。わしが見たところ、木曽義昌《きそよしまさ》なんか危ないな。あと、まさかの穴山梅雪も。

老臣　小山田信茂《おやまだのぶしげ》は…大丈夫だと思うが。

では、先代から仕えたこの私は、どうなるでしょう？

イ　武田に残る

ロ　織田か徳川に寝返る

ハ　どちらともいえない

勝頼　う、う〜ん、これは引っかけか？　い、いや、やっぱり……、「イ」？

老臣　…………残念でした！　では、私はこれにて失礼。（立ち上がる）

勝頼　あ、待って！　い、行かないで。…ねえ、どこ行くのォ？　正解は？

❖

●穴山梅雪（↓p67）
信玄没後は勝頼に仕えるが対立。織田信忠の信濃・甲斐侵攻の際に勝頼を裏切る。

●小山田信茂
（1539—1582）
武田氏の家臣。信玄没後は勝頼に仕え、多くの戦いを戦ったが、信忠の信濃・甲斐侵攻戦の途中で、勝頼を裏切る。のちにその裏切りを織田家に咎められ処刑される。

◆**長篠の戦い**◆織田信長が鉄砲隊を有効に使った戦い。武田氏は、この大惨敗以降、かつての栄光が戻ることはなかった。七年後、家臣・一族が次々と離れていき、天目山《てんもくざん》の戦いに敗れて、武田は滅亡する。その旧武田遺臣をどんどん取り込んで、徳川軍は強力になっていく。

石山本願寺攻め・木津川口の海戦 ［1578］ 天正六年

❖登場人物

九鬼嘉隆《くきよしたか》（戦国武将・九鬼水軍頭目・36歳）

水夫

❖場所

大坂湾上・木津《き》川《づがわ》口の船上

一向宗・石山本願寺（顕如《けんにょ》）と織田信長の「石山合戦」は、1570年（元亀元）から続いていた。宗教勢力を嫌う信長は各地の一向一揆を平定しつつ、しだいに、大坂湾に臨む本願寺を追い詰めていった…。

嘉隆　「戦国の興廃この一戦にあり。各員いっそう奮励努力せよ」

水夫　艦長、前方の陸地に石山本願寺が見えます！

嘉隆　おーし…てめえ、やってやろうじゃねえか。こっちは今をときめく織田信長軍の、伊勢・志摩で恐れられた九鬼水軍よ。本願寺だろうとなんだろうと、ギッタンギッタンにぶちのめしてやる！

●九鬼嘉隆（1542―1600）志摩国の武将。織田信長・豊臣秀吉に仕え、水軍として活躍。石山合戦にあたって「燃えない船を造れ」という

水夫　殿。失礼ながら、いささか言葉が汚いかと。
嘉隆　バカヤロ！　水軍なんて気取っていても、しょせんは海賊みたいなもんよ。
水夫　ま、そうですけどね。
嘉隆　いわば俺は、じょにー・でっぷみたいなもんさ。
水夫　そりゃカッコよすぎますって。
嘉隆　ものども、よく聞け。敵は本願寺ならず！
水夫　どういうことでしょう？
嘉隆　いいか？　信長軍が陸から包囲しても本願寺が何年も持ちこたえているのは、海から毛利が物資を補給しているからだ。
水夫　毛利水軍と、村上水軍ですね。
嘉隆　思い出してみろ。以前、信長殿の最大の脅威は武田信玄だった。が、いよいよ京に攻め上る時、病に倒れた。「我の死を三年間隠せ」なんて言ってな。
水夫　二カ月でバレましたけどね。
嘉隆　すると、次に怖いのが上杉謙信だ。謙信が満を持して京を狙っていた矢先、今年、やっぱり病気で倒れた。

信長の命を受けて鉄甲船を建造した。関ヶ原の戦いでは西軍について敗れ、自刃。

●毛利水軍
瀬戸内海で活躍した、戦国大名・毛利氏直轄の水軍。安芸武田氏の水軍から始まって、瀬戸内各地の水軍を取り込んで大戦力に。

●村上水軍
芸予諸島を中心に瀬戸内海に勢力を広げた海賊衆。水先案内や海上警護を務める一方、海上に関を設けて通行料を取るなどした。戦国期には毛利水軍の一翼を担った。

水夫　はあ〜。信長殿って、つくづく運がいいんですね。
嘉隆　なあに、戦なんてのは、結局最後には「運」を持ってるやつが勝つのよ。
水夫　すると、武田が消えて、上杉が消えて……
嘉隆　残る大物は、中国十国を治める毛利ぐらいしかいない。ここを倒せば、いよいよ天下統一だ。現に今、羽柴秀吉《はしばひでよし》殿が毛利攻めを始めてるしな。だから、俺たちがここで毛利水軍を相手にしてるのも、実は織田対毛利の代理戦争みたいなもんなんだよ。
水夫　な〜るほど。
嘉隆　ああ！　思い起こせば二年前。毛利・村上水軍八百の船に対して、わが軍はわずかに二百。その時の大敗戦の雪辱を、いまこそ果たすのだ！
水夫　あの敗戦を機に、この「戦艦・大安宅《おおあたけ》」七隻が完成したんですよね。
嘉隆　全長十三間（23メートル）・幅七間（12メートル）。鉄張りで、大砲三門を搭載したこの最新鋭艦に、かなう敵はおらん！
水夫　でも、たった三門でしょ？
嘉隆　バカモン！　兵隊の鍛え方が違うわい。

水夫　「百発百中の一砲、能《よ》く、百発一中の敵砲百門に対抗しうる」

嘉隆　…それって、論理的におかしくないですか？　だって敵の大砲を順番に壊してる間に、一発でも弾がこっちに当たればおしまいでしょ？

水夫　う……。そ、そこんとこは大和魂で補え！

嘉隆　…はいはい。それが日本の軍隊の伝統ですもんね。

水夫　必要なのは海上封鎖だろ。こういう作戦はどうだ？　港を封鎖して、敵の輸送船が入ってこれないようにする。

嘉隆　湾口閉塞作戦ですね。

水夫　廃船同様の船を何隻か湾口に持っていき、そこで自爆して沈み、蓋をしてしまうのだ。

嘉隆　なるほど！

水夫　だが、手違いで船に残ってしまう水夫もいて、広瀬少佐は「杉野はいずこー、杉野はいずこー！」と…

嘉隆　誰です、広瀬とか杉野って？

水夫　加えて、後方の二〇三高地を攻略してだな…

水夫　そんな高地、ないですよ。
嘉隆　港に入ろうとする、ばるちっく艦隊を…
水夫　ば、ばる…？　村上水軍でしょ？
嘉隆　…そ、そうだったな。
水夫　殿、波間に敵の船団を発見！　毛利水軍・村上水軍あわせ、その数およそ六百！
嘉隆　よおし！　各船に伝令せよ！
「敵艦見ゆとの警報に接して、九鬼・織田連合艦隊は直ちに出動、これを撃滅せんとす。本日天気晴朗なれども波高し」
…見てろよ、ばるちっく艦隊。
水夫　だから、村上水軍ですって。
嘉隆　全速前進！
水夫　よぉそろぅぅ！
嘉隆　風よ吹け、波よ荒れろ！　わははははは！
水夫　敵艦隊に近づきました！
嘉隆　よおし、ぎりぎりまで近づいたところで、とり舵《かじ》いっぱい！

水夫　え？　敵前で回頭するんですか？

嘉隆　おうよ。

水夫　そんな！　自殺行為です！

嘉隆　ふふふ……。これこそが、俺があみだした「丁字戦法」よ。
ここが見せ場なんだ。黙って俺の言うことを聞け！

水夫　は、はい…。
とり舵いっぱぁぁ～い！

嘉隆　いいぞォ！　大砲撃て。じゃんじゃん撃てー！

水夫　殿、凄い！　敵の船団がどんどん沈んでいきます。わが軍の大勝です！

嘉隆　よおし、信長様に報告だ。「トラ！　トラ！　トラ！」

水夫　…あ、殿。最後だけ、ネタにしてる戦争が違います。

❖

◆石山合戦◆十一年に及んだ合戦は、一五八〇年（天正八）に本願寺側が敗れて、終わる。織田信長は、比叡山に次いで、抵抗する宗教勢力を排除することに成功した。本願寺が焼失した跡地に、豊臣秀吉が大坂城を築くことになる。

信長、京都大馬揃え

［1581］天正九年

❖**登場人物**

山内《やまのうち》一《かず》豊《とよ》（戦国武将・34歳）

千《ち》代《よ》（山内一豊の妻・24歳）

❖**場所**　**京都**

すでに織田信長は、七層の天主を誇る「安土城」を完成させていた。信長が天下を統一することは、もはや誰の目にも明らかだった。そこで信長は、京都御所で盛大な「大馬揃え」を行った…。

一豊　（駆け込んでくる）やった！　やったぞ、千代！

千代　あなた、どうでした？

一豊　馬揃えで、信長様のお目にとまった！

千代　本当ですか？　よかったあ。

都中の人々が噂しておりますが、さぞや豪華な馬揃えだったのでしょう？

●山内一豊
（1546―1605）
尾張・美濃でさまざまな城主に仕官したのち、信長に仕え、立身出世。信長没後は秀吉、家康の家臣になる。

一豊　凄かったぞ。信長様は、京の定宿・本能寺を出て御所に向かい、このために作られた内裏《だいり》東馬場に入った。そこには桟敷《さじき》が設けられ、おそれ多くも正親町《おおぎまち》天皇はじめ御公家衆も見物だ。
そこへ続々入場し、整列する、勇壮華麗な馬揃えの列！
一番、丹羽長秀《にわながひで》殿、ならびに摂津・若狭衆、河島一宣《かわしまかずのぶ》殿。
二番、蜂屋頼隆《はちやよりたか》殿、ならびに河内・和泉衆、根来寺衆、和泉佐野衆。
三番、明智光秀《あけちみつひで》殿、ならびに大和・上山城衆。
四番、村井貞勝《むらいさだかつ》殿、ならびに……
千代　待って。まだ続くんですか？
一豊　なにしろ、居並ぶ名馬の数五百余騎だ。このあともずらずらと…十番まで続くぞ。
千代　でも…、読者が飽きてるんじゃないでしょうか？
一豊　おお、さすがわが妻。気がきくな。
千代　やっぱり、人文字で「の・ぶ・な・が」なんて書いたりしたんですか？
一豊　人文字？
千代　だって、独裁者の軍事パレードにはつきものですよ。あと「マス・ゲーム」とか。

●千代（1557―1617）山内一豊の正室。内助の功で夫を出世させた賢妻の見本。そのエピソードは、京都馬揃えの件以外にも数多く、枡まな板の代わりに、枡を裏返して使って生活費を切り詰めた、など。

一豊　お前の言ってることはよくわからんな…。

千代　信長様はどんなご様子で？

一豊　信長様のいでたちは…、唐冠《とうかんむり》の後ろに梅花をさし、蜀江錦《しょっこうにしき》の小袖、紅緞子に桐《きり》唐草《からくさ》模様入りの肩衣《かたぎぬ》・袴、白熊の皮の腰蓑《こしみの》…だ。

千代　し、白熊の腰蓑って…。

一豊　凄いだろ？

千代　凄いというか、なんというか……、聞いただけではどんなお姿か目に浮かびませぬが、趣味が悪いということはわかります。

一豊　ま、信長様は「元うつ」だからな。気合いを入れると、どうしてもそういう衣装になるんだよ。

一豊　で、大黒の名馬にお乗りの信長様の前に、選りすぐりの名馬が六頭並ぶ。その一頭が、私だったのだ！

千代　凄い！

一豊　信長様はお側の者に「あの馬は誰か？」と尋ね、「貧乏をしていても高い馬を買い、主家に恥をかかせなかったのは、よいたしなみじゃ」とお褒めくださった！

●正親町天皇
（1517—1593）
第106代天皇。天皇家の窮乏を解決したい正親町帝と、権威の後ろ盾がほしい織田信長、豊臣秀吉と相互に利用し合う関係にあった。

●丹羽長秀
（1535—1585）
信長の二番家老。戦功だけでなく安土城の普請奉行をつとめるなど、政治面でも手腕を発揮した。一貫して秀吉を支持したが、賤ヶ岳の戦い以降の秀吉の振る舞いを嘆いて割腹。自ら取り出した内臓を秀吉に送りつけたという説も。

千代　よかった！　あなたは今をときめく信長様の配下ながら、この年までさしたる手柄もなかったけど、これをきっかけに出世できるかも⁉

一豊　……前段の表現が気にかかるが、まあ、事実だからしょうがない。しかし、これというのも、みんなお前の内助の功。あの時お前が、貧乏な中、持参金の金十枚というヘソクリをはたいて名馬を買わせてくれたおかげだ。

千代　なんの。武将の妻として当然のことをしたまで。

一豊　千代…。

千代　一豊さま……。

一豊　………ん？　どこからか、甘くせつない曲が…。これは？

千代　南蛮渡来の「みゅーじかる」です。

♪　人質、身代わり、政略結婚
　主家のためなら　命も捨てる
夫のためなら　身も捨てる
※　ああ、そんな私は戦国の
　戦国の女～

●信長様のいでたち
太田牛一『信長公記』に記述がある。

いくさ、籠城、権謀術数
本領安堵に　命をかける
家名を守って　名をあげる
※　ああ、そうよ私は戦国の
　戦国の女〜
※（くり返し）

一豊　お？　転調して、明るくなったぞ！
千代　♪　お世継《よつぎ》、養子、家督相続
内助の功で　夫を助け
いつかは一国　一城を
※　ああ、夢見る私は戦国の
　戦国の女〜　♪
一豊　…な、なんか、いい気分になってきたな。
千代　さあ、あなたもご一緒に！
一豊　※　ああ、夢見る拙者は戦国の

戦国の男〜　♪

千代　…え？　…あ、お隣さん、うるさいですか？　すみません！

一豊　……安普請《やすぶしん》で、声が隣に筒抜けだ。ナサケない。
だがな、千代。この馬揃えをきっかけに出世して、いつかは、隣のことを気にせずにすむ、一国一城の主になろうぞ。

千代　一豊さま…。

一豊　千代……。

一豊・千代　♪　ああ、夢見る二人は戦国のォ〜〜〜……

千代　…あ、お隣さん？　すみません！　もう、やめますから……。

一豊　（小声で）…いつか、一国一城の主になろうな？

❖

◆京都大馬揃え◆要するに皇室と、日本全国六十余州にむけての、大デモンストレーションであり、信長が天下布武の仕上げを目指す出陣式だった。ちなみに、山内一豊はのちに、四国土佐二十万石の一国一城の主になった。

本能寺の変
［1582］天正十年

❖登場人物

織田信長（戦国武将・48歳）

森《もり》蘭《らん》丸《まる》（その美形の小姓・17歳）

❖場所　**京都・本《ほん》能《のう》寺《じ》**

織田信長は、天下統一まであと一歩のところまできていた。備中《びっちゅう》・高松で毛利攻めをおこなっている秀吉の応援に援軍を派遣。自らもかけつけるべく、宿舎である京都・本能寺に入っていた…。

蘭丸　信長様、信長さまぁ〜〜〜〜〜！
信長　どうした？　蘭丸、騒がしいぞ。
蘭丸　謀反でございます！　明智光秀様の謀反でございます！
信長　光秀？　いま毛利攻めをしている秀吉の援軍にいくよう命じたはずだが。
蘭丸　それが、途中で、「敵は本能寺にあり」と方向を変え。

●森蘭丸
（1565―1582）
実名を森成利。織田信長の寵愛を受け、信長と衆道の関係にあったと巷間に流布されている。

信長　なんだと⁉

蘭丸　どうしましょう。もうすっかり囲まれてます！

信長　蘭丸、弓を持て！　槍を持て！
　　　光秀の手勢は、たしか一万三千ほど。対して、いま本能寺にいる味方は？

蘭丸　八十人くらいでしょうか。

信長　一万三千対八十か。圧倒的に不利だな。

蘭丸　御意。

信長　まずいな…。近くに、誰か味方いなかったか？　滝川のカズ（一益）は？

蘭丸　関東の厩橋に送り込んだばかりです。

信長　柴田のカツ爺（勝家）は？

蘭丸　越中魚津城の上杉を攻撃中です。

信長　前田のトシ（利家）は？

蘭丸　勝家殿とご一緒です。

信長　謙信亡きあとの上杉景勝《うえすぎかげかつ》の家臣には直江兼続《なおえかねつぐ》ってのがいて、注目株だからな。

蘭丸　どう注目なんです？

●明智光秀
（1528・1530とも―1582）
信長に仕えて要職に就いたが離反。秀吉の中国攻めの隙に、本能寺にいた信長を襲う。

●滝川一益
（1525―1586）
織田家臣団の重鎮。伊勢長島城主。信長の甲斐侵攻に功があり、武田氏滅亡後、関東管領として上野厩橋城に入る。

信長　いい男らしい。
蘭丸　憎い！　殿、蘭丸という男がありながら…
信長　よ、よせ…。つねるな。お前、こんな時に、そんなこと言ってる場合か！
蘭丸　あ、あ、…忘れてました！　大変です。明智光秀様の謀反でございます！
信長　それはさっき聞いた。
蘭丸　なんでも途中で、「敵は本能寺にあり」と方向を変え…
信長　それもさっき聞いたぞ。落ち着け。お前、動転しておるな。
蘭丸　……お恥ずかしい。その点、さすが、殿はしっかりしておいでで。
信長　そりゃそうだ。お前とは、踏んできた修羅場の数が違う。
蘭丸　で、で、どうしましょう？
信長　近くに、誰か味方いなかったか？　滝川のカズ（一益）は？
蘭丸　殿こそ、さっきと同じことを。
信長　…む。そうだった。…誰か、誰かいないかよ。あ！　タヌキ（徳川家康）は？
蘭丸　堺あたりを、プライベートでぶらぶらと。
信長　じゃ、サル（秀吉）は？

●柴田勝家
（→p150）

●前田利家
（1538―1599）
信長の家臣で槍の名手。信長没後は秀吉に臣従、加賀、越中国を与えられ、金沢を居城として北陸最大の大名となる。

●上杉景勝
（1555―1623）
上杉謙信の養嗣子。本能寺の変後に秀吉に服従し、越後を統一。

●直江兼続
（1560―1619）
上杉景勝の家臣。戦いにも内政にも手腕を振るった。

蘭丸　だから、いま毛利攻めをしているって、最初に殿が言ったじゃないですか！

信長　…そうか。ったく、どいつもこいつも、なんでそんな遠くに行ってんだ？

蘭丸　信長様が、天下布武のため、あちこちに派遣したんですよ！

信長　そうだったな。………そうか。つまり、京都一帯はいま、空白地帯になっているのか。光秀め、うまい時を狙ったもんだ。敵ながら、あっぱれ。

蘭丸　褒めてる場合ですか！　…でも、命の危険がある中、敵を褒める信長様のそんな男らしい姿に、蘭丸、萌え♥

信長　こ、これ。…しなだれかかるなって。こんな時に、ややこしい。

蘭丸　萌え♥

信長　萌え？　……そうだな。蘭丸、火を放て！　ここを燃やせ！

蘭丸　御意。火を放って、混乱の中、逃げるんですね？

信長　そうではない。…………ふふふ、燃えてきたな。では、俺はこの扇で…。

蘭丸　なにするんです？　あ！　扇の先から水を出して、火を消そうと？

信長　俺は奇術の松旭斎《しょうきょくさい》じゃない！　だいたい自分でつけた火を自分で消すんじゃ意味がないだろ。

蘭丸　じゃ、何を？

信長　幸若舞《こうわかまい》だよ、ほれ、俺のトレードマークの「敦盛」。

蘭丸　そんなことやってないで、すぐ逃げりゃいいじゃないですか。

信長　馬鹿だな。それがお前、人間が若いっていうんだ。

蘭丸　だってまだ十七歳ですから。

信長　いいか？　状況は圧倒的に向こうが有利だろ？　光秀は自信を持ってこの部屋に入ってくる。そんな時、俺が「敦盛」を舞ってたら、あいつはどう思う？

蘭丸　さあ？

信長　これは、俺が桶狭間の戦いの時にもやったやつだ。縁起がいいんだ。自信がある時にやるんだよ。光秀はそれ知ってるから、「むむ…この余裕はなんだ？　さては、どこかから味方が？」と不安になる。その隙を狙って、バッサリ！

蘭丸　そんなうまくいくわけないじゃないですか。

信長　やってみなきゃわからんよ。それに、駄目だとしても、この信長…「カッコよく死にたい」からな。

蘭丸　キャー、信長様♥　…ああっ、火が回ってきました！　ゴホッ、ゴホッ…燃える燃える、本能寺が燃える！　信長様も燃える！　そして蘭丸も萌える！

信長　蘭丸、信長最期の姿、しっかと見ておけ。

蘭丸　はい。

信長　♪　人間五十年、下天のうちをくらぶれば、夢幻のごとくなり
　　一度生を得て、滅せぬ者のあるべ　……おしまい。

蘭丸　え？　そこで？　「…べ」って、なんでそんなところで終わるんですか？　ハンパじゃないですか。「…あるべきか」と、あともうちょっとで終わりなのに。

信長　俺の人生、五十年まであとちょっと足りない。文字数計算すると、ここまでなんだ。そりゃ俺だってハンパだとは思うがな……、是非に及ばず。❖

◆**本能寺の変**◆明智光秀が、主君・織田信長を京都の本能寺に襲って殺した事件。信長の嫡男・信忠《のぶただ》は、近くの妙覚寺《みょうかくじ》にいた。急を知り、応援のため本能寺に向かったが、明智軍の包囲網を突破できず、二条御所に入り、防戦の末、自殺した。これで、天下は明智光秀のものになる、はずだったが……。

本能寺の変・伊賀越え

［1582］天正十年

❖登場人物　**徳川家康**（戦国武将・40歳）　**有能な伊賀忍者**

❖場所　**伊賀国**

本能寺の変がおきた時、徳川家康は堺にいた。同行する家臣はわずか。とても弔い合戦ができる人数ではない。家康は、伊賀を越えて急ぎ三河に帰ることを決断した。が、周囲は危険な無政府状態になっていた…。

家康　だ、だ、だ、大丈夫か？　誰もつけてないか？

忍者　ご安心を。

家康　こ、こ、このあたりは、地侍や野盗のたぐいが、うようよいるのだろう？

忍者　おります。なにしろ、ここらは山国。古くから、伊賀は東大寺領、甲賀は比叡山領として、大名・国司の手が及ばぬ独自の立場を貫いてきた土地柄。

家康　信長殿が伊賀国を平定したのが、ようやく去年じゃからな。しかも、この小国・伊賀に四万三千もの兵を送って。

忍者　多くの国人衆が殺され、伊賀全土が焼き払われました。男ばかりか、女子供まで虐殺されました。

家康　悲惨なものよのぅ…。

忍者　このあたりには、いまも信長殿を恨んでいる者がたくさんおります。

家康　そこへ信長死すの報が入れば、…わ、わ、わしなんか、どうされるかわかったもんじゃないな。

忍者　はい。ですから、こういった山道の峠を越えるのは、とても危険で…あっ！

家康　ひ、ひいっっ！　な、なんじゃ⁉

忍者　そこの切り株にお気をつけて。

家康　…な、なんだ。驚かすな。

忍者　つまずいて転べば、崖から転落します。

家康　む、むむ。そうか。

忍者　………ああっ、そこの木の上に！

家康　な、なんじゃあ！
忍者　きれいな花が咲いております。
家康　…ふ、ふう。お前は、わしを守ろうとしておるのか、おどかそうとしておるのか？
忍者　もちろん、お守りします。わが伊賀忍者軍団の棟梁・服部半蔵《はっとりはんぞう》殿から、おおせつかっておりますから。
家康　…し、しかし…、こんな少ない人数では…なんだか、…こ、心細いのう。
忍者　大人数で動くより、少ない方が安全なのですが…
忍2　どうしても心細いというなら、
忍3　前後左右を、
忍4　ほら、こんな風に、
忍1　みんなで囲めば安心ですか？
家康　わわわわ！　急に人数が増えた⁉　おぬしら、どこから現れた？
忍1　これぞ「伊賀忍法・分身の術」！
忍2　実は、素早い動きで移動することで、
忍3　残像を利用して、

●服部半蔵
（1542―1596）

実名は服部正成。徳川家康の祖父・松平清康以来の譜代家臣。家康の伊賀越えに際し、先祖が伊賀出身である半蔵が、商人・茶屋四郎次郎とともに伊賀、甲賀の地元の土豪と交渉、警護をさせ、家康は無事三河へ帰還。途中から別行動をとった穴山梅雪一行は落武者狩りにあい全滅。警護をした伊賀者は、のちに伊賀同心として徳川幕府

忍4　たくさんいるように見えるのです。
家康　…そ、そうなのか。では、本物は、どれだ？
忍1　どれだと思います？
忍2　わかりますかな？
忍3　つかまえてみてください。
忍4　さあ、さあ、さあ…
家康　…う、う〜ん………、お前だっ！
忍者　…………
家康　おお、なんということだ。着物の中は丸太ン棒⁉
忍者　…ふふふ。ここです。これぞ「伊賀忍法・変わり身の術」！
家康　わっ。後ろから？
忍者　われわれ忍者は、このようにさまざまな忍法を使います。
家康　他にはどういうのがあるのじゃ？　見せてくれ。
忍者　そうですな。たとえば、こうして落ち葉をパーッと散らし、風を起こすと…
家康　ああ…木の葉がぐるぐる舞って、目が回る………おおっ！　なんということだ。

に仕えた。半蔵は徳川家の伊賀忍者を統率する役を担ったという。

消えた！　…どこだ？　どこへ行った？

忍者　ふふふ、ここです。これぞ「伊賀忍法……

家康　わかったぞ！　「忍法・行数稼ぎの術」だな？

忍者　いえ。「木の葉隠れの術」です。わが伊賀忍者界のエース・影丸が開発しました。ほかにも「火遁《かとん》の術・水遁《すいとん》の術・土遁《どとん》の術」、水の上を歩く「水蜘蛛の術」、一粒食べれば一日分の栄養がある「兵糧丸」、手裏剣・まきびし・忍び鎌…とさまざまな忍術、忍法、秘技、武器がございます。

家康　ほう…。忍者というのは凄いものじゃのう。

忍者　…などとやりながら進んでいるうちに、どうやら危険な加太《かぶと》峠を越しました。これでもう大丈夫です。ここから先は伊勢国。関、亀山を通って伊勢・白子《しらこ》に出れば、そこから船で三河へ行けます。

●加太峠
現在の三重県亀山市と伊賀市の境にある峠。

家康　そうか。……助かった。礼を言うぞ。
忍者　では、これにて。
家康　あ、待て。…その方らをまとめてわしの配下に召し抱えたいが、どうじゃ？
忍者　しかし、我らは影の存在。人数多くお召し抱えいただいても、はたしてみながお役に立てるかどうか…。
家康　いや、役に立つとも。冷遇はせん。考えておいてくれ。
忍者　かしこまりました。では、これにて……、さらば！
家康　…………消えた。
（あんな危険な連中が敵方につくことを考えたら、たとえ役に立たずともウチで飼い殺しにしとく…というのが本音じゃ。ふん。いくら助けてもらおうとも、わしは誰も信用しないのだ。）

❖

◆伊賀越え◆家康に同行していた本多忠勝《ほんだただかつ》や酒井忠次《さかいただつぐ》らが、いったん三河に戻ってから明智光秀を討つことを進言したという。だが、街道は光秀軍によって閉鎖されていたので、危険な伊賀越えを強行するしかなかった。家康の生涯でもっとも危険な数日間だった、と言われる。

本能寺の変・中国大返し

［1582］天正十年

❖登場人物

羽柴秀吉（戦国武将・45歳）

間抜けな間者《かんじゃ》

❖場所

備中国・高松城

本能寺の変がおきた時、羽柴秀吉は備中・高松城を水攻め中だった。高松城主・清水宗治《しみずむねはる》の援軍にかけつけた小早川隆景・吉川元春という毛利側の陣と、秀吉の陣とが睨み合っていた…。

間者　（飛び込んでくる）大変でござる、大変でござる！　明智光秀様からの…

秀吉　うん？　誰だ、お前？

間者　あれ？　その陣幕の紋は……、五七の桐？

秀吉　そうだ。

間者　…ということは、ここは羽柴様の陣？

●高松城
現在の岡山県岡山市にあった城。城主は毛利方の清水宗治。周囲を沼地に囲まれた難攻不落の城だったが、秀吉の水攻めで水没。現在

秀吉　だとしたら？

間者　……失礼しましたぁ〜、間違えました。（去ろうとする）

秀吉　ちょっと待った！

間者　いえ。あの、急ぎますんで。

秀吉　おぬし。いま、明智光秀と申さなかったか？

間者　え？　…そ、そんなこと、言ってませんよ。

秀吉　そうかな？　この耳が、確かに聞いた気がするが。

間者　お聞き間違いでしょう。…あけ、…あき、…あき・ち。空地と言ったのです。

秀吉　空地？

間者　ええ。「空地に、水引いて」…と。

秀吉　空地に水？　おお、この水攻めのことか。

間者　…は？　は、はい！

秀吉　高松城は堅牢なよい城だが、平城じゃ。周囲の湿地帯が自然な要害となっておるが、逆にそこが命取りなんだな。
これは、わが軍師・黒田官兵衛《くろだかんべえ》が進言した妙手でな。なんでも唐土の昔に例があ
も秀吉のつくった堰堤が残る。

●黒田官兵衛（1546−1604）
実名を孝高（よしたか）、号を如水。秀吉の名参謀。調略や交渉などに活躍したが、のちにその知謀を恐れた秀吉に冷遇される。

間者　るらしい。高さ二丈（6メートル）・長さ三十町（3・3キロ）の堤を築き、城の周囲に足守川《あしもりがわ》の水を引き入れる計略よ。ちょうど梅雨時だしな。このように、今宵も降る雨によって、水かさは増すばかり。…見ろ。

秀吉　はあ〜、お城は湖に浮く島のようになってますね。

間者　もう兵糧もつきた様子。降伏も時間の問題だ。城攻めには三倍の兵力が必要だが、それで無駄に部下を死なせるより、戦わずして勝つ作戦じゃよ。

秀吉　戦というより、こりゃ、土木工事ですね。

間者　まあ…たしかに「空地に水引いて」おるからな。「アキチニミズヒイテ」……「アケチミツヒデ」……「明智光秀」。いや、これはわしの聞き間違いじゃった。

秀吉　はははは…。

間者　ははは…。じゃ、誤解も解けたところで、私はこのへんで…（行きかける）

秀吉　…ところで、ここは雨だが、京はどうだったかな？

間者　ええ。いいお天気で…あ。

秀吉　待て！

間者　あわわわ…。

秀吉　どうも臭いと思ったら、京から来たのか。おぬし、間者だな。懐に何を隠してお
る？　見せろ！

間者　あ、ああ！　それは……駄目です！

秀吉　むむ？　これは明智光秀から、小早川隆景へあてた密書！

間者　でへへへ…。小早川様の陣営は向こうの日差山《ひさしやま》でしたね。夜なんで、間違えちゃ
ったんですよ。

秀吉　間抜けな間者だな。どれ、どんな内容だ……？

間者　あ、私文書を勝手に開封しちゃ駄目です！

秀吉　黙れっ！　こんな怪しい手紙、読まん方がどうかしとるわい。
（手紙を読む）…………な、なんと！　光秀めが、殿を本能寺で討ったのか⁉

間者　あちゃあ、読まれちゃいましたか。

秀吉　変が起きたのが六月二日未明。今が六月三日夜。まだ、丸二日と経っておらんな
…よおし。チャンスだ！
おおい、誰かおるか！　大至急、毛利側の交渉人・安国寺《あんこくじ》恵瓊《えけい》殿を呼んで、すぐ
に講和をまとめろ。ただし、本能寺の変のことは、向こうに毛ほども気付かせる

●安国寺恵瓊
（？—1600）
毛利家の外交僧だったが、備中高松城攻めで積極的に和睦し秀吉の信頼を得、伊予6万石を与えられ、僧侶の身分のまま大名になった。関ヶ原の戦いでは西軍に与して、敗戦後、六条河原で斬首された。

な！

間者　講和がなりしだい、全軍大急ぎで京に戻り、亡き殿の弔い合戦をおこなう！

秀吉　……お取り込みの様子なんで、じゃ、私はこのへんで失礼しま…

間者　待て。

秀吉　わ！　か、刀！

間者　お前を帰せば、この情報が小早川に伝わる。死んでもらおう。

秀吉　ひいい〜、絶対言いませんから許してください！　私はただ手紙を運んだだけの、善意の第三者なんですぅ……。

間者　……言われてみればそうだな。じゃあ、講和がなったあとで放してやるか。

秀吉　ありがたき幸せっ！　さすが羽柴様はお心が広い。神様、仏様、羽柴様！

間者　はははは…、そうかそうか。

秀吉　では、お礼に、明智様が、変の直前に詠んだ発句をお教えしましょう。

間者　発句？

秀吉　そうです。句です。五・七・五の。知ってるでしょ？

間者　（ピク…）

間者　おや、どうかしました?

秀吉　…い、いや。…で、その句とは?

間者　たしか……、「ときは今　あめが下しる　五月哉《かな》」

秀吉　ふ～ん…。いつかの「鳴かぬなら…」なんてのと違って、高尚だな。で、それはどういう意味だ?

間者　あれ、わかんないんですか? 大名なのに、教養ないなあ。

秀吉　教養がないって言うな～～～!（暴れだす）そりゃ、わしは元百姓だが、今じゃ近江十二万石の大名だ! 立派なもんだろ。文句あっかよ! だけど周囲の侍たちは、内心でわしをバカにしてるんだよ! 裏で陰口たたいてんの、知ってんだよ! コケにすんなあ、百姓出身のどこが悪い! ぐわあ～～～～!

間者　わ、わ……刀を振り回して暴れないで……、うぐっ、ぐ……やられた。

❖

●ときは今…　と光秀が詠んだのは、本能寺の変前に京都の愛宕山で催した連歌会・愛宕百韻でのこと。「時」＝「土岐」、「雨」＝「天」、「下しる」＝「下知る」とし、「土岐氏出身の自分が、天下に号令するようになる」という意味をこの発句に込めたと言われるが、解釈には諸説ある。

◆中国大返し◆この日の深夜に、講和がまとまった。翌日、開城し、清水宗治は切腹する。その日の夕方、毛利側には雑賀《さいか》衆から本能寺の変の報が届いたが、時すでに遅かった。二日後、秀吉は全軍三万人を率い、驚異的な速さで撤退を始める。わずか七日で、摂津・富田に戻った。

山崎の戦い ［1582］天正十年

❖登場人物

筒《つつ》井《い》順《じゅん》慶《けい》（戦国武将・33歳）

島《しま》左《さ》近《こん》（その家臣・42歳？）

❖場所　**大和国・郡山城**

羽柴秀吉軍は、およそ五十里の行程を、三万の軍を率いてわずか一週間という短さで帰ってきた。その動きを知った明智光秀軍は京都から南下。京と大坂との国境・山崎の地で激突した。その頃、大和郡山で…。

順慶　よいのか？

左近　なにがですか？

順慶　いま頃、山崎では秀吉殿と明智殿が戦っているはず。

左近　御意。

順慶　なのに、こんな大和の地でまったりしてて、よいのか？

●筒井順慶（1549―1584）
松永久秀により城を追われていたが、明智光秀の仲介で織田信長に臣従、大和国を与えられる。山崎の戦いでは

左近　よいのです。
順慶　しかし、この戦は信長殿の弔い合戦。
左近　御意。
順慶　勝った方が、あらたな天下人になる。
左近　で、ございましょうな。
順慶　なのに、こんなところでまったりしてて、よいのか？　駆け付けなくてよいのか？
左近　おそれながら、殿、駆け付けるといっても、どちら側に？
順慶　そ、それは…以前からなにかとご縁が深い明智殿…
左近　で、いいのですか？　逆臣ですぞ。
順慶　う…。では、中国大返しで戻ってきた羽柴秀吉殿…
左近　で、いいのですか？　あれだけの距離を急いで帰ってきた大軍は、きっと使い物になりませんぞ。
順慶　う、う…。では、どっちに？
左近　勝った方に、あとからつけばよいのです。
順慶　そ、そんなあ。

光秀の援軍要請に応じず、大和郡山城に籠城した。

●島左近
（？—1600）
実名は清興。順慶をもり立てて大和国統一を成し遂げたが順慶が病没。後を継いだ定次と意見が合わず、筒井家を出る。

左近　よいですか？　殿が洞ヶ峠《ほらがとうげ》あたりにノコノコ出かけ、両軍の様子をうかがってみてごらんなさい。きっと後世の者に、「筒井順慶は、洞ヶ峠で様子を見て勝ちそうな方にのった、日和見主義だ」なんてさんざんな言われようをするに決まってます。そんなみっともないマネはできません！

順慶　たしかに、筒井家の名折れ。末代までの恥だ！

左近　ですから、ここ大和郡山の自分の城を一歩も動かない方がいいんです。

順慶　そうなのか…。しかし、ただじーっとしてるのも退屈だ。なんで今回の件がおきたか、いろいろ推理してみるか。

左近　推理？

順慶　まず普通に考えられるのは、明智殿の天下獲《と》りの野望だな。

左近　まあ、大名なら誰でも、多かれ少なかれ、そう思うものでしょう。

順慶　そこへ、信長殿のまわりに有力な武将がいない千載一遇の機会が転がりこんだ。

左近　明智殿は、たしか信長殿より六つか八つばかり年上。年齢的に考えると、この機を逃せば二度とないと思って不思議はないですからな。

●洞ヶ峠
現在の京都府八幡市と大阪府枚方市の境にある峠。

順慶　他には……信長殿を恨みに思って、という可能性もあるぞ。

左近　ほうほう、いわゆる「怨恨説」ですな？

順慶　お。お前、のってきたな。

左近　なんでも、明智殿が、安土城で家康殿の饗応役をおおせつかった時、信長殿から「部屋が、腐った魚の臭いがする」と言われ、大恥をかかされたと聞いております。

順慶　津《つ》田《だ》宗及《そうきゅう》の高弟である風流人・明智殿と、元うつけ者の悪趣味な信長殿では、元々合おうはずがないからなあ。恨みは多々あるだろう。

左近　殿、こういう考えはどうでしょう？　秀吉殿の中国大返しがあまりに見事なのは怪しい、と。

順慶　おお！　面白くなってきたじゃないか！

左近　実は秀吉殿は明智殿の計画を知っていた。あるいは、もう一歩進めて、秀吉殿が明智殿をそそのかした、という説は？

順慶　なるほど。「秀吉黒幕説」だな。

左近　実行犯が明智殿で、秀吉殿はその口封じのため、すぐに戻って仇を討つ！

●津田宗及
（？―1591）
堺の商人・茶人。千利休、今井宗久と並んで「茶湯の三大宗匠」と呼ばれる。信長、秀吉ともに重用された。

順慶　だが、すぐに戻れなかったらどうしたんだ？

左近　そこです！　実は毛利も一枚加わっていて、馴れ合いで高松城水攻めを長引かせていた？「秀吉・毛利黒幕説」です。

順慶　面白いな。

左近　毛利が治める備後・鞆には、信長殿に追われた足利義昭殿がいます。義昭殿の将軍職はまだ解かれてないはず。しつこく幕府再興を狙っていると噂されます。おお、そういえば、元々明智殿と義昭殿は仲がいいし……これだ、これですな！「秀吉・毛利・足利義昭黒幕説」！

順慶　公家どもはどう思っているのだろう？

左近　殿、いいところに気付かれましたな。実は、この前の派手な「大馬揃え」は公家衆に対する圧力でもありました。信長殿なら「俺が天皇家に取って代わる」と思っていても不思議ではありません。そこに恐れをいだいた禁裏《きんり》側もひそかに協力した、「秀吉・毛利・足利義昭・公家・朝廷黒幕説」！

順慶　なんだか、お前の陰謀説はどんどん長くなるな。

左近　信長殿は伊賀平定で大虐殺をおこない、多くの伊賀者たちが恨みに思っています。

順慶 「秀吉・毛利・足利義昭・公家・朝廷・伊賀忍者黒幕説」はどうでしょう？ いやいや、ルイス・フロイスが一枚噛んでいるかもしれない。「秀吉・毛利・足利義昭・公家・朝廷・伊賀忍者・イエズス会黒幕説」。さらには、「秀吉・毛利・足利義昭・公家・朝廷・伊賀忍者・イエズス会・フリーメイソン・UFOの宇宙人黒幕説」！

左近 寿限無だな、まるで。

順慶 まあ、誰が黒幕だろうと、後世ロクな言われ方はしません。利口なのは、我々のやり方です。…さあて、そろそろ山崎の戦いの決着がついた頃でしょう。明智か？ 秀吉か？ どっちにせよ、勝った方に擦り寄っていくことにしましょうぞ。

……これって、場所が洞ヶ峠じゃないだけで、やってることはやっぱり日和見じゃないのか？

❖

◆山崎の戦い◆明智光秀が頼りにしていた筒井順慶、細川藤孝《ほそかわふじたか》・忠興《ただおき》親子が動かず、明智軍は一万六千。対する秀吉軍には、丹羽長秀、池田恒興《いけだつねおき》軍も加わり、四万。秀吉軍が圧勝し、落人となった明智光秀は小来栖《おぐりす》の竹やぶで土民に殺された。本能寺の変から、わずか十一日後だった。

賤ヶ岳の戦い ［1583］ 天正十一年

❖**登場人物**

柴田勝家《しばたかついえ》（戦国武将・61歳）

お市《いち》（その妻・美人で有名な信長の妹・36歳）

❖**場所**　**越前国・北**《きた》**ノ**《の》**庄**《しょう》**城**

山崎の戦いのあと、織田遺臣は、秀吉派と柴田勝家派に分かれた。が、主君の弔い合戦で勝った秀吉の発言権が強くなり、両者は対立する。そして翌年、賤《しず》ヶ《が》岳《だけ》の戦いで、秀吉は勝家を追いつめた…。

お市　♪　人質、身代わり、政略結婚
主家のためなら　命も捨てる
夫のためなら　身も捨てる
※　ああ、そんな私は戦国の
戦国の女～　♪

●柴田勝家（1522―1583）信長の家臣。朝倉氏滅亡後、北陸経営をおこなう。武功名高い猛将だが、信長没後は秀吉と対立、賤ヶ岳の戦い

勝家　市。美しいお前が、城の窓辺にもたれて歌っているのを見ると、まこと一幅の絵のようだな。（…歌詞はなんだか、ヘンテコだが。）

お市　（頬を赤く染めて）まぁ、あなた、見てらしたんですか。

勝家　賤ヶ岳の戦いに敗れ、ほうほうの体でこの北ノ庄城に逃げてきたが、お前の姿を見てほっとしたぞ。今のは、なんという歌だ？

お市　「戦国の女」。ただいま戦国歌謡ヒットチャートを、赤丸急上昇の曲です。

勝家　そ、そんなものがあるのか⁉

お市　上位十曲を紹介しましょうか？

第十位　「悲しき影武者」⬅
第九位　「雨に濡れた籠城」⬋
第八位　「恋と涙の一番槍」⬉
第七位　「哀しみの首実験」⬅
第六位　「バテレン天国」⬋
第五位　「夢見る初陣」⬉

そして第四位が、先週より三段階上昇の、「戦国の女」です。

で敗れる。

●賤ヶ岳の戦い
本能寺の変後の信長後継を巡って戦われた勝家と秀吉の戦い。勝った秀吉が信長の権力を継承することになる。

勝家　な、なんだか、わしの知らない世界が広がっておるようじゃのう。

お市　では、上位三曲にいく…その前に、「もうすぐ上位入り」〜〜〜！

勝家　どういうのだ、それは？

お市　今後の動向が注目される新曲を紹介します。今回は、つい最近、戦場から生まれた話題の歌。七人の武将に題材をとった、陽気な曲です！

勝家　なんか、ワクワクするな。

お市　♪　ハイホー　ハイホー　いくさが好き
　みんなで野戦に　勝つ　ハイホー
　ハイホー　ハイホー　賤ヶ岳の
　七本槍だぞ　いざ　ハイホー　♪

勝家　バカモン！　そりゃ、「賤ヶ岳の七本槍」。敵方の歌だ！

お市　あ…すみません！

勝家　わが軍を攻撃してきた、秀吉側の福島正則《ふくしままさのり》とか加藤清正《かとうきよまさ》といった連中をそう呼ぶらしい。わしはそれに敗れ、ここまで敗走してきたのだ。

お市　そうでしたか。知らないこととはいえ、申し訳ありませんでした。

●七本槍
諸説あるが、一般的には、福島正則、加藤清正、加藤嘉明、脇坂安治、平野長泰、糟屋武則、片桐且元の7人。

勝家　いや。いいんだ。

お市　今回の戦。元はといえば、去年の「清洲会議」から始まっているのですね？

勝家　ああ。あの時、信長様の後継者に、わしは三男・信孝《のぶたか》様を推した。ところが、秀吉めが、亡き嫡男・信忠様のお子・三法師《さんほうし》様を推し立てたのだ。たしかに、信長様から見れば嫡孫《ちゃくそん》で、血筋は正しい。しかし…

お市　三法師はまだ三歳。家督を継げるわけがありません。秀吉様が後見人として操りたいだけです。

勝家　それはみんなわかっていたが、なんといっても秀吉は信長様の弔い合戦・山崎の戦いで光秀の首を獲ったという実績があるからな…。文句を言いにくいんだよ。

お市　本能寺の変の時、あなたは、たしか越中で？

勝家　上杉に手こずって、すぐ京に戻ってこれなんだ。あれが、勝家、一生の不覚だ。

お市　柴田勝家とえば、織田信長臣下で一番の武将でした。それが今や、秀吉様の方が大きな顔をしている…人の運命というのはわかりませんね。

勝家　そういうお前だって、不思議な運命ではないか。信長様の妹に生まれ、浅井長政に嫁ぐ。ところが、その浅井が、姉川の戦いで、

●清洲会議
本能寺の変後の信長後継をめぐる重臣会議。参加者は柴田勝家、丹羽長秀、羽柴秀吉、池田恒興の4人で、滝川一益は関東地方へ出陣中で欠席。信長三男・織田信孝を擁立する勝家と、信長嫡孫・三法師（織田秀信）を擁立する秀吉との対立がおこったが、結局秀吉の意見が通る。

お市　兄の信長に滅ぼされる。お前は幼い三人の娘を連れて逃げられたが、浅井殿は小谷城で自刃なされた。その後、縁あってわしのところへ嫁いできてくれたが、そのわしがまた、こうして城を枕に討ち死にする運命にあるとは…。

勝家　………。

お市　わしは、この城とともに死ぬ。しかし、お前はわしに嫁してまだ一年足らずだ。再び、三人の娘を連れて逃げよ。

勝家　嫌でございます。

お市　なに？

勝家　十年前は、まだ娘たちが幼かった。けれど今、茶々はすでに十六歳。その下のお初、お江とも、分別のつく年になっています。ゆえに娘たちを逃がした後で、後顧の憂いなく、私は夫であるあなたに従って、冥途の果てまでまいりとうございます。

勝家　お市…。

お市　勝家様…。

勝家　……すまんな。わしと一緒になったばっかりに。

●三人の娘
長女・茶々はのちの豊臣秀吉の側室・淀殿。次女の初は京極高次に正室として嫁ぐ。三女の江（ごう・小督・江与）は三度目の結婚で徳川秀忠の正室となり、江戸幕府第三代将軍・家光の生母。

お市　いえ。それより、娘たちの心配はないのですが……

勝家　どうした？　他になにか心配なのか？

お市　今回は、ここで別に笑えるオチがないのが心配で…。

勝家　……ふん。読者のことなんか構うもんか。戦国の世ってのは、実際にはこういう悲しい出来事の方が多いのだからな。

気になるなら、さっき紹介しそこねた上位三曲でも言っておけばどうだ？

お市　はい。第三位「茶の湯にご用心」

第二位「しあわせの本領安堵」

そして第一位は、

「涙の敦盛（追悼盤）」…でした。ああ、兄上！

勝家　やっぱり、湿っぽくなってしまったのう…。

❖

◆賤ヶ岳の戦い◆信長亡き後の、主導権争いの戦い。ここで柴田勝家が滅び、以降完全に信長の後継者は秀吉となる。一年後、小牧・長久手の戦いで秀吉と家康が激突。引き分けたが、家康は自分がナンバー2であることを示した。

秀吉、豊臣姓を賜る

［1586］　天正十四年

◆登場人物

豊臣秀吉（太政大臣・49歳）

出入りの文具商人

◆場所

大坂城

すでに四国を平定した秀吉は、関白に就任した。さらに九州征伐も視野に入れた翌年、「太政大臣」も手に入れ、朝廷からあらたに「豊臣」という姓を賜《たまわ》った…。

商人　このたびはおめでとうございます、豊臣秀吉様！

秀吉　おお、いつもの出入り商人か。いま何と言った？

商人　関白・豊臣秀吉様！

秀吉　よく聞こえなかったな、もそっと大きな声で。

商人　よっ、関白・太政大臣・豊臣秀吉様！

秀吉　おお〜、気持ちのよい響きじゃのう。その「だじょーだいじん」ってあたりがぐっとくる。「カンパク」もいいし、「トヨトミ」もいい。も一回言ってくれ！

商人　**カンパク・だじょーだいじん・トヨトミ秀吉様！**

秀吉　よいのう〜。その持ち上げ方、幇間以上だ。

商人　幇間はいやでゲスよ。

秀吉　お前、本当に商人か？

商人　もちろんです。親戚は、安芸《あき》で毛利様出入りの商人やってますしね。

秀吉　ふ〜ん…。

商人　ま、私のことなんか置いといて、おめでとうございます！　さっそく、新しい「豊臣」という名前で名刺を作りましょう。あと花押《かおう》と、家紋と、表札と、ネーム入り手帳と、ネーム入り筆と、ネーム入り手拭いと、風呂敷と……。

秀吉　お前のところも、商売繁盛だな。

商人　てへへへ…。何度も何度も改名していただき、文具商人としては、ありがたい次第でございます。あれは十三年前でしたか、「木下藤吉郎」から「羽柴秀吉」へのご改名の時は、各方面に派手にお披露目をいたしましたな。

秀吉　そうだったのう。もう、そんな昔になるか。

商人　当時、織田家中にその人ありと言われた柴田勝家様の「柴」と、丹羽長秀様の「羽」をいただいて、「羽柴」という姓を作ったんでございますな？

秀吉　あのときゃ、露骨にヨイショしてたんだ。一字ずつ取るんなら「丹田」でもよかったんだが、なんかそれじゃ、臍《へそ》の下あたりみたいだしなァ。

商人　「羽柴」になられてから、どんどんご出世なさいましたなあ。

秀吉　ま、柴田のジジイはこのまえ賤ヶ岳の戦いで滅ぼしたし、丹羽はわしの手下になり下がり、こないだ死んだしな。羽柴の由来など、もうどうでもよい。

商人　その後、従五位下に叙されて、「平秀吉」に。あの時も、大量に名刺と、ネーム入り…（以下同文・省略）…を注文していただきました。

秀吉　しかし、平氏では駄目なのだ。幕府を開けるのは源氏系の姓と決まっておるからな。そこで、まだ将軍職を持っておる足利義昭に、養子にしてくれと頼んだが…

商人　私、てっきり、次は「足利秀吉」だろうと先回りして大量に名刺と、ネーム入り…（以下同文・省略）…を作っておいたんですが、大失敗でした。

秀吉　ははは。許せ。義昭のたわけが、生意気にも申し出を断りおったんだ。

商人　その点、家康殿はうまいことおやりになりましたな。

秀吉　ああ。ずっと松平だったのに、ある日突然「実は坂東《ばんどう》の上野国《こうずけのくに》・新田荘《にったのしょう》の徳川氏が発祥だ」と言い出して、源氏系の「徳川」を名乗り始めたからな。

商人　秀吉様はその後、従四位《じゅしい》下、従三位《じゅさんみ》、正二位《しょうにい》…と、驚くべき早さで官位が上がっていきました。

秀吉　ずいぶん、金も使ったぞ。

商人　人々は「今角栄《いまかくえい》」だと噂してます。

秀吉　なんだ、その「角栄」ってのは？

商人　ま、気にしないでください。そのあとが「藤原秀吉」で、これは短かった。

秀吉　五摂家でなければ関白になれんから、一時的に藤原家の籍に入ったのだ。

商人　私はまた名刺と、ネーム入り…（以下同文・省略）…の注文をいただきました。

秀吉　そしていよいよ、「豊臣」という新しい姓を賜った。これで、「源平藤橘《げんぺいとうきつ》」に加えて、摂関家《せっかんけ》として五番目の「豊臣」という姓ができたのだ！

商人　まことにおめでたいことです！

秀吉　身の回りのすべてのものを、この新しい名前入りで発注するぞ！

商人　毎度ありがとうございます！　石山本願寺跡に建てたこの大坂城も日々拡充されていくし、京に建設中の聚楽第《じゅらくだい》も来年には完成するしで、豊臣の世は順風満帆！

秀吉　思い起こせば、今をさること四年前、信長様が横死し…

商人　……待て。お前、今なんと言った？

秀吉　え？　今をさること四年前…

商人　「サルぅ」!?　わしのことをサルって言ったな！

秀吉　へ？

商人　わしはな、昔「サル」なんて呼ばれて、ずいぶん悔しい思いをしたんだ。それが嫌で、こうして改名に改名を重ねて「豊臣」という姓を賜るほどになった。なのにまたサルなどと…。許せん！　手討ちにしてくれるっ！

商人　あわわわ…、そうじゃない！「今より前の」って意味です。誤解ですっ！

秀吉　……おお、そうだったのか。言葉には気をつけろ。

商人　あいすみません！　えーと……、ですからつくづく思うのは、秀吉様のご努力に勝るものはないと…

秀吉　待て！　なんと言った？「ご努力に……」？

●聚楽第
関白になった豊臣秀吉が政庁兼邸宅として建造した平城。現在の京都市上京区にあったとされる。

商人　「…まさるものは」あ！
秀吉　「ま・サルぅ」⁉　やっぱり、サルって言ったな！　手討ちにしてくれる！
商人　だから、誤解ですってえええ！　か、か、刀をしまってください〰〰〰！
秀吉　……そうか。誤解か。…ところで聞くが、生魚を暑い部屋の中に一日中置いておくと、どうなるかな？
商人　へ？　な、なんで急に、そんなことを？
秀吉　どうなるかな？
商人　……それはもちろん、腐るんじゃないですか？
秀吉　「く・サル」ぅ？！！　手討ちじゃ！
商人　そ、そんなあ〜！　わざと言わせてるんじゃないですかあ！
秀吉　フハハハハ……！　人間、金と権威があれば、なんでもできて面白いのう。

❖

◆豊臣秀吉◆　「豊臣」は「天長地久、万民快楽」という意味を持つという。こののち秀吉は、関白位を、甥で養子の秀次《ひでつぐ》に譲る。関白が豊臣家の世襲であることを示すためだ。以降秀吉は、「前の関白」という意味の「太閤」と呼ばれるようになる。

第四幕

天下分け目

武蔵国・江戸
p178 1590（天正18）
家康、関東移封
武蔵国・江戸城
p214 1603（慶長8）
江戸幕府
京都・醍醐寺
p190 1598（慶長3）
醍醐の花見
信濃国・上田城
p196 1600（慶長5）
関ヶ原の戦い・1
美濃国関ヶ原・松尾山
p202 1600（慶長5）
関ヶ原の戦い・2
美濃国関ヶ原・笹尾山
p208 1600（慶長5）
関ヶ原の戦い・3
相模国箱根・早雲寺
（秀吉軍本陣）
p172 1590（天正18）
小田原城攻め

第四幕　関連地図

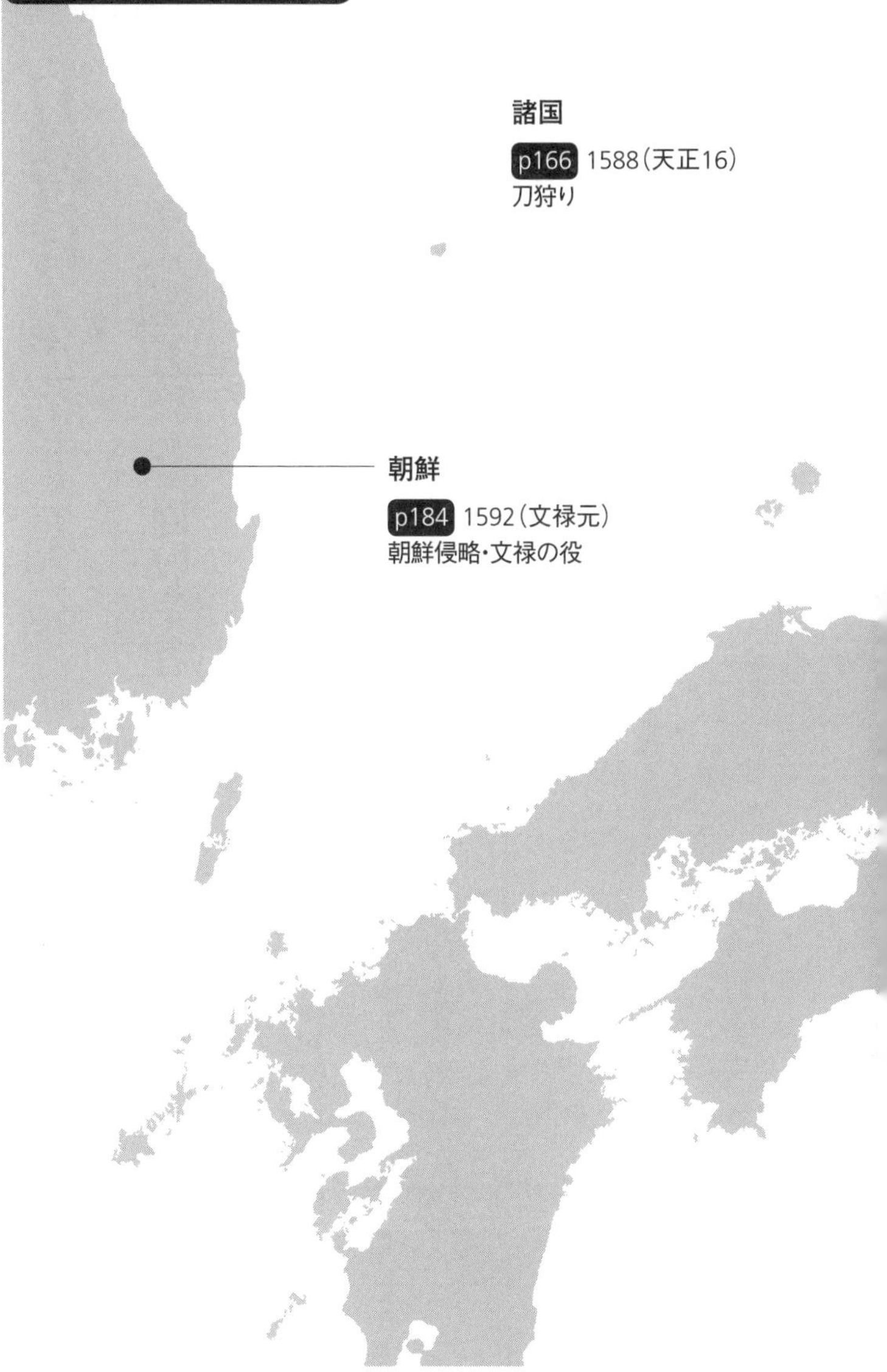
諸国
p166 1588（天正16）
刀狩り
朝鮮
p184 1592（文禄元）
朝鮮侵略・文禄の役

刀狩り

[1588] 天正十六年

❖登場人物  刀狩り・回収業者  百姓

❖場所 諸国

この頃、侍身分と百姓身分はまだそれほどハッキリ分かれてはいない。百姓でも刀の類を持っているのは珍しくなかった。そこで秀吉は、天下統一の過程で「検地」と「刀狩り」を進めていった…。

業者 「毎度～、おさわがせしております。
こちらは、刀の廃品回収大八車です。
ご家庭で、ご不用になりました、刀、脇差《わきざし》、弓、槍、鉄砲…などを、
無料にて、回収いたします。
斬れなくても、かまいません。弾が出なくても、かまいません。

血糊《ちのり》がついていても、かまいません。
多少にかかわらず、無料にて回収いたします。
お声をかけていただければ、こちらからうかがいます。
こちらは、刀の廃品回収大八車です……」

百姓　おおい、回収屋さん!
業者　へい。刀ですか、脇差ですか?
百姓　ちょっくら聞くんだけどな、刀とか槍をみんな出しちまったら、夜盗なんかが村を襲って来た時、どうすんだ?
業者　最近、豊臣秀吉様のおかげで世の中が治まってきたから、もうそんなもんなくたって、大丈夫なんですよ。
百姓　だけんどなあ……。
業者　おや。こないだ出た、「刀狩り令」を知らないんですか?
百姓　そういう噂は聞いてるけんど、よくは知らねんだ。やっぱり、理由はあれかえ?「えこ」とか、「りさいくる」とか、「もったいねえ」とか?
業者　…いや、その「えこ」ってのがなんだかわかりませんが、秀吉様から出された「刀狩り令三カ条」というのがあるんですよ。

百姓　ほお、どういうんだ?

業者　ここにお触れの紙がありますから、読んであげましょう。(紙を取り出し、読む)「一、没収した武具は、無駄にはせず、大仏建立の釘や、かすがいに用いる。だから百姓は、現世はいうまでもなく、来世も救済される」

百姓　はあ〜、寺を建てる時の釘やかすがいにな。

業者　方広寺《ほうこうじ》というお寺を建てるのに使うらしいですよ。なんか、将来もめごとになりそうな寺ですけどね。ええと、それから…(引き続き、紙を読む)「一、百姓は農具だけ持ち、耕作に専念すれば、子々孫々まで長久である。秀吉が百姓に対し、あわれみを持って仰せ出すのだ。まことに、国土安全・万民快楽の基である。大名らは趣旨をよく理解し、百姓は農業に精を入れるべきだ」

百姓　そら、まあ、百姓だから、田畑のことだけに精を入れたいのは当然だあ。

業者　すでに諸国では続々と回収が進んでいましてね、ほら、ここにわかりやすく、絵にした「領主からのお知らせ」が用意してあります。

百姓　ほう、こりゃまた丁寧なこった。

●方広寺
秀吉によって建立された寺。東大寺の大仏より大きい大仏が造られた。建築用の釘や鎹(かすがい)などは刀狩りで没収した武器の再利用されたものが使われたという。のちに梵鐘に刻まれた銘文の「国家安康」「君臣豊楽」が家康の家と康を分断し、豊臣を君主とするとみなされ、大坂冬の

百姓　鉄砲なんかも引き取ってもらえんのか？
業者　あれは捨てる時、粗大ゴミ扱いになりますし、ちゃんと火薬を抜いて捨てないと、暴発の危険もあります。その点、うちなら無料で回収しますよ。
百姓　そりゃ助かるなあ。じゃ、おらも出すか。いま持ってくっから……ん？　待てよ。
業者　どうしました？
百姓　さっき、おめえ「三カ条」って言ったな。いま、二つしか聞いてねえぞ。

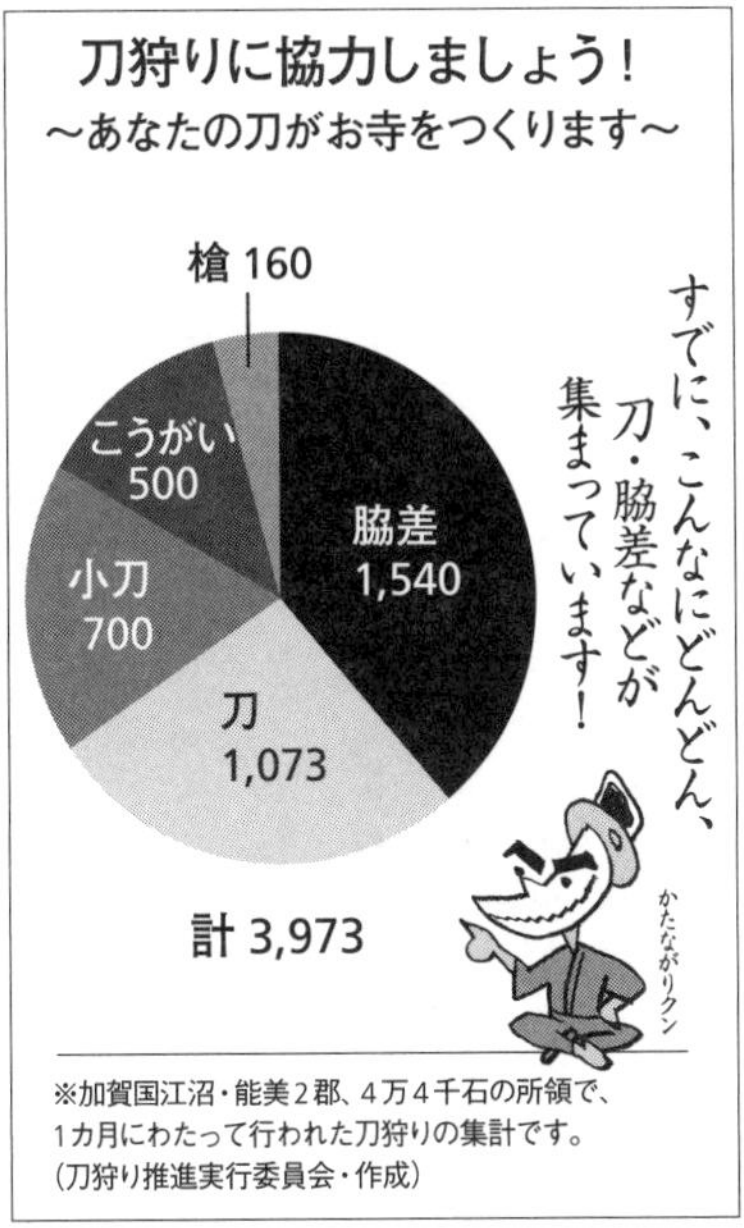

陣のきっかけとなった。
●こうがい
刀の鞘に差しておき、戦時には敵の首を刺すもの。

業者　ギク！

百姓　あともう一つはなんだ？

業者　……ま、もう一つは…、とるに足らないことが書いてまして……。

百姓　気になんな。いちおう読んでみろや。

業者　えー……これは、…ですね。（読む）「一、みんな協力してね。以上」

百姓　嘘つけ！　今までと文章が違いすぎんじゃねえか。こっちにかせっ。（紙を奪い取って）おらだって少しは字が読めんだ。

業者　あわわわ…。

百姓　えーと、なになに…（紙を読む）「……が、…………の…を……するこことをかたく……する。これらの…な…を…ち、…などを…ししぶり……」　…読めねえ。

業者　でしょ？　「みんな協力せよ」と書いてあるんですよ。

百姓　……そうかあ。じゃ、いま、持ってくるから、待っててけれ。（去る）

業者　…ふう。ひらがなしか読めない百姓でよかった。「一、諸国百姓が、刀・脇差・弓・槍・鉄砲以下武器の類を所持することをかたく停止《ちょうじ》する。これらの不要な道具を持ち、年貢などを出ししぶり、一揆を企てて、領主に反抗する者がいる。大名・領主・代官は、こういうことがおこらないよう、百姓の武具を集め、秀吉に進上せよ」

百姓　…なんて業務連絡の一カ条を読まれるわけにゃいかないからなあ。
………待たせたな。持ってきたぞ。ほれ、脇差二本と、火縄銃一挺。

業者　ありがとうございます。お寺の釘や鎹になって、きっと救済されますよ、来世で。

では、これで失礼します。

「毎度～、おさわがせしております。

こちらは、刀の廃品回収大八車です。

斬れなくても、かまいません。弾が出なくても、かまいません。

血糊がついていても、かまいません………」

❖

◆刀狩り◆いわば「武装解除」にあたる。が、すでに一揆勢力が治められたあと、農民間にひろがる抵抗運動はなかった。秀吉の「検地」と「刀狩り」によって、農民と武士の身分が、しだいに固定されていく。

小田原城攻め ［1590］ 天正十八年

❖登場人物

千利休《せんのりきゅう》（茶人・68歳）

伊達政宗《だてまさむね》（戦国武将・23歳）

❖場所　相模国箱根・早雲寺《そううんじ》（秀吉軍本陣）

秀吉にとって、残るは関東と奥州のみとなっていた。関東の北条氏を攻めるため、大軍で小田原城を包囲する。奥州の諸大名は続々と参陣したが、ひとり伊達政宗だけが遅れてやってきた…。

利休　（茶を点《た》てながら）ご到着、たいそう、遅うございましたな。
政宗　…うむ。申し訳ない。
利休　他の奥州諸大名様より、ひと月は遅れておりますからな。
政宗　秀吉殿は大層ご立腹な様子で、私に会ってもくれぬ。
利休　まあ、ご立腹がおさまるのを待てばよいでしょう。茶を一服、どうぞ。

●千利休（1522―1591）
茶聖とも呼ばれる茶人。政治面も含めて秀吉の信任を受けていたが、のちに勘気に触れて切腹を命じられて果てる

政宗　しかし…、私は田舎者ゆえに、茶の作法を知らぬ。
利休　なに。作法など、どうということはない。私のまねをしてみてください。
　　　こうやって、茶碗を手に取り…
政宗　手に取り…?
利休　回して…
政宗　回して…?
利休　「てけれっつの、パァ〰〰〰!」…と叫んで、ゴックン。
政宗　え?　ぺけ…?
利休　「てけれっつの、パァ〰〰〰!」…です。頭のテッペンから声を出して。
政宗　…コホン。……「てけれっつの、パァ〰〰〰!」……ゴックン。
利休　そう。なかなか筋がよろしい。侘《わ》びですな、寂《さ》びですな。
政宗　し、失礼ながら、これが作法なのか?
利休　デタラメです。
政宗　なにィ!?
利休　デタラメですが、私がやれば、「作法」になります。

ことになる。

●伊達政宗
（1567―1636）
東北地方の戦国武将。若くして家督を継ぎ、広大な勢力圏を誇った。天下統一を目前にした秀吉と対立する。のちの関ヶ原の戦いでは東軍に属し、戦後は仙台開府、遣欧使節などの施策をうつ。

政宗　どういうことだ？

利休　京を抑えろ、大坂を奪え、堺を獲れと争う大名・武将たちは、しょせん田舎者。な〜んにもわかっちゃおらん。だから、バカ高い金で茶釜を求めたり、茶碗を買ったりする。中にゃ、黄金で茶室を作ったり。ありゃ、アホです。茶の作法だって、私がテキトーにやってることを、ありがたがってまねしているだけ。だから、「てけれっつの、パァ〰〰〰！」でも「ズクダンズンブングン」でも、「トゥース！」でも、なんだってよいのじゃ。

政宗　そ、そんなことをおっしゃると、秀吉殿に嫌われるのではありませんか？

利休　もう嫌われているかもしれませんな。ほ、ほ、ほ……。

政宗　…しかし、この本陣に利休殿もいらっしゃるとは思わなかった。

利休　秀吉様が揃えた軍勢は、実に二十二万。これだけの兵が小田原城を囲み、じっくり落城を待つのです。退屈しないよう、私だけではなく、遊女・芸人たちもおり、大名は妻妾《さいしょう》を呼び寄せています。淀殿《よどどの》もみえていますぞ。ご存じのように、亡きお市《いち》の方の娘・茶々《ちゃちゃ》様で、今は秀吉様の側室です。

政宗　ああ。去年、お世継・鶴松《つるまつ》様をお産みになったとか。

●黄金で茶室を…
秀吉がつくらせた壁・天井・柱・障子の腰をすべて金張りにした組み立て式の茶室。御所など、さまざまな場所で披露された。

利休 ……それにしても、政宗様は遅うございましたな。
政宗 だから、謝っているだろう。
利休 二十年ほど。
政宗 バカな！ 遅れたのはひと月だ。
利休 いえ。二十年早く生まれていれば、今頃天下を獲れていたかもしれない。
政宗 私が天下を？
利休 …と、秀吉様が申しておりました。
政宗 秀吉殿が…。
利休 しかし、今や天下の大勢は決まった。ここで往生際悪く抵抗しても、混乱を長引かせ、結局は成敗されるだけ。ならば、おとなしく従い、所領を安堵された方がいいのではないか？
政宗 ……うぅむ。
利休 …と、秀吉様が申しておりました。
政宗 秀吉殿か。
利休 （再び、茶を点てながら）天下は獲れぬが、名を後世に残すという手がありますぞ。

●鶴松
秀吉が晩年に授かった長男。幼名・棄。病弱な体質で、１５９１年、わずか3歳で没する。

政宗　どういう手だ?
利休　イケメン路線です。
政宗　イ、イケメンとは何だ?
利休　京・大坂の方で、侘び・寂びとともに流行《はや》っている言葉で、「いい男」という意味です。お見受けしたところ、政宗様は隻眼ながら、なかなかのイケメン。
政宗　イ、イケメンなのか?　私が?
利休　この陣には上杉景勝様ご家来・直江兼続様もみえていますが、これがまたイケメン。
政宗　アレがかあ?
利休　なあに、何百年か経てば、そんなものわかりはしませぬ。みんなイケメン、ということにしてしまえばいいのです。
政宗　してしまって、どうするのだ?
利休　悲劇のイケメン武将…ということで後世に名を残すのです。秀吉様がわざとあなたに会わず、こうしてイジメているのは、その方が伊達政宗という武将の悲劇性が高まり、カッコよくなるからです。

政宗　そうだったのか。
利休　…と、秀吉様が申しておりました。
政宗　また、秀吉殿か。
利休　いかがですかな？　秀吉様のご提案にお従いになっては？
政宗　（ううむ…。私が遅れたのを逆手に取り、名誉心をくすぐって攻めてくる。しかも、自分が直接ではなく、利休殿を使って間接的に。これが噂の「豊臣秀吉の人たらし術」なのか。…恐るべし！）
利休　もう一服、お茶をいかがですか？
政宗　………うむ。「てけれっつの、パァ〰〰〰！」……ゴックン。結構なお手前。飲み干しましたぞ、お茶も、秀吉殿のご提案も。
利休　侘びですな、寂びですな。ほ、ほ、ほ……。

❖

◆小田原城攻め◆三カ月に及ぶ包囲に、小田原城はついに落城。戦国時代のさきがけとなった北条早雲が興した後北条氏は、五代目・氏直《うじなお》で終わった。これで秀吉は関東を手にし、翌年奥州も平定。ついに全国統一が実現する。

家康、関東移封

［1590］　天正十八年

❖登場人物

徳川家康（戦国武将・48歳）

八五郎（原初江戸っ子）

❖場所　武蔵国・江戸

北条氏を討って関東を手に入れた豊臣秀吉は、徳川家康をここに移封した。自らが育て、繁栄させた東海地方の領国から離され、家康は、都から遠い関東でゼロからの再出発となった…。

八五　もし？

家康　……。

八五　もし、お侍《さむれえ》様《さま》？

家康　…あ？　ああ、わしのことか。

八五　早まってはなんねえど。

家康　早まる？
八五　さっきから、じーっと入り江の方サ眺めて、悲しそ～な顔サしてっから、こらひょっとしたら身投げだんべかなって…。
家康　ははは。そうか、心配させて悪かった。いや、身投げではない。大丈夫だ。して、お前は？
八五　おら、いどっ子の八五郎だ。
家康　いどっ子？
八五　「いど」じゃない、「いど」！　ここ、江戸《いど》だよ。
家康　ああ。江戸か。ずいぶん訛《なま》ってるな。
八五　訛ってる？　はあ、これでも、おら、チャキチャキの江戸っ子だあ！
家康　（ああ、武蔵国は草深い田舎だとは聞いておったが、こりゃ予想以上の場所だのう。秀吉様に「関東移封《いほう》」を命じられた時、嫌な予感がしてたんだ。）
八五　どした？　頭抱えて。
家康　（岡崎、浜松、駿府…としだいに居城が東に進んで、とうとうこんな東の江戸くんだりまで来てしまうとは。本当に身投げしたくなってきた……。）

八五　なんかヤなことでもあったか?
家康　い、いや。…ときに八五郎とやら、ちょっと尋ねるが、目の前にひろがるこの入り江は、なんという名だ?
八五　ああ。ここの浅瀬には海苔《のり》を採るヒビをいっぱい刺してるだでな、ヒビのある谷で「日比谷《ひびや》」って呼んどるだ。
家康　なるほど。日比谷の入り江か。で、向こうにのびる島は?
八五　ありゃ半島だけんどな、ここらの者はみんな「江戸前島」と呼んどる。あの向こっかたに浅草川が注ぐ江戸湊《みなと》があって、ここで捕れる魚はうめえぞ。
家康　見渡す限りの葦《あし》の原だが、ここらに村はあるのか?
八五　千代田《ちよだ》村、祝田《いわいだ》村、平川《ひらかわ》村、桜田《さくらだ》村…なんてのがあるぞ。
家康　…なるほど。どうやら、道灌《どうかん》公の頃から、さして開けてないようだな。
八五　道灌公ってなんだ?
家康　なんだ、知らんのか?

今から百三十年ばかり前、太田道灌という方がこの江戸にいたんだ。

「七重八重《ななえやえ》　花は咲けども　山吹《やまぶき》の　実のひとつだに　なきぞ悲しき」

●江戸前島
現在の東京駅付近。周辺は中世には湊だった。

●浅草川
隅田川の浅草近辺での名称。浅草より下流を「大川」と称した。

●太田道灌
(1432—1486)

室町時代の武蔵国守護代。扇谷上杉氏の家臣。1457年、江戸城を完成させた。

八五　その歌を詠んだ人か？
家康　いや。その歌を知らなかったことで、知られている人だ。
八五　ややこしい人だのう。
家康　その道灌公の築いた城が、ここだ。
八五　ここって？　へ？　このオンボロ屋敷は城だったのか！
家康　また、お前はものごとをハッキリ言うのう。そうだ、こう見えても城だ。そして、これからわしが、この城の主となる。
八五　ひやぁ～、おったまげたあ。あんた、お殿様だったか。すると、お名前は、赤井《あかい》御門守様《ごもんのかみ》で？
家康　いや、徳川家康だ。
八五　石高は十二万三千四百五十六石七斗八升九合ひとつかみ半で？
家康　伊豆・相模・武蔵・上総《かずさ》・下総《しもうさ》・上野の六カ国知行《ちぎょう》だから、石高は二百五十万石ほどか。その中心を、ここ江戸にする。これから江戸は発展するぞ。
八五　発展って、どんな風に？
家康　まず、その江戸前島から向こう側の江戸湊の間に、運河を開くな。

それから、神田山を切り崩して、日比谷の入り江を埋める。
江戸湾に注ぐ利根《とね》川は大きな川だが、あれは氾濫《はんらん》するだろう？

八五　ありゃ困った暴れ川で、ここらの者は坂東太郎と呼んでるだ。

家康　川筋を付け替え、下総の銚子《ちょうし》で海に流れ出るようにする。

八五　ふひゃあ！　そんなすんごいことを！

家康　それから、濠《ほり》に日本橋を架け、そこから五街道が出るようにするな。
品川・板橋・千住・内藤新宿という四宿を設ける。
その内藤新宿に、将来、高い建物をどんどん建てる。汐留にも建てる。
六本木村を、不夜城にする。
渋谷村を、うつけ者のたまり場にする。
巣鴨村を、婆さんのたまり場にする。
日本橋の上に、さらに別の橋を架ける。
芝に、高い鉄の塔を建てる。
押上に、さらに高い塔を建てる。
日本橋の上に架けた別の橋を、外すの外さないのともめる…。

●神田山
江戸城の城下町建設のため神田山（現在の千代田区駿河台付近）を削って、日比谷入り江を埋め立てて町を広げていく。

●川筋を付け替え…
家康は関東郡代に伊奈備前守忠次を任命、関東の河川改修事業を命じた。利根川東遷事業は１５９４年から、忠次、忠政、忠治の３代にわたって継続され、60年後に完了する。

●五街道
家康は全国支配のため江戸と各地を結ぶ５つの街道を整備しはじ

八五　おめえさま、熱でもあんじゃねえか？　言ってることが尋常《じんじょう》じゃねえぞ。

家康　熱にでもうかされないと、こんな大仕事はできん。
よいか、八五郎。関白秀吉様のおかげで、天下は治まった。もう大きな戦はない。
これからは、百姓も町人も平和に暮らす町作りをしていくのだ。

八五　…へえ。じゃあ、おら、大工にでもなろうかな。

家康　そうだな。これから江戸の町は普請が続く。大工は引っ張りだこになるだろう。

八五　いそいで帰って、友だちの熊公に教えてやんなきゃ。あと与太郎と、金坊と、ご隠居と、幸兵衛さんと、文七と、佐平次と…。さよなら！

家康　ははは。……走っていきおった。あの純朴《じゅんぼく》さが、田舎者のよさじゃのう。
（だが、江戸の町作りはそう簡単にはいかん。わしは誰も信じないが、自分自身の言ったことさえ信じないのだ。戦だって、これで終わりだとは思わんしな…。）

❖

めた。東海道、日光街道、奥州街道、中山道、甲州街道の順で整備される。最後の甲州街道の完成は１７７２年。

◆関東移封◆しだいに力をつけてきた家康を恐れ、秀吉は関東移封を命じた。すでに天下人となっていた秀吉の命令を断れば、家康は処分されただろう。家康はしかたなく、江戸に移ってゆく。

朝鮮侵略・文禄の役

［1592］文禄元年

❖登場人物

加藤清正（戦国武将・30歳）

虎

❖場所　朝鮮

全国統一をなしとげた秀吉は、五十万人に及ぶ兵力を抱えることになった。一方、国内には、すでに新たに与える知行地はない。秀吉は中国進出を考え、十五万人の兵を朝鮮に送った…。

虎　ガオ〜ッ！（と、藪《やぶ》に逃げ込む）

清正　虎め、藪に隠れても無駄だ。この加藤清正が、自慢の槍でひと刺しにしてやる！

虎　ガオ〜。…俺はかつて、隴西《ろうさい》の李徴《りちょう》だったのだ。

清正　むむ⁉　虎が人語を話すとは⁉

虎　詩で身をたてることを望んだが、うまくいかなかった。

●加藤清正（1562―1611）
初代肥後熊本藩主。秀吉家臣として数々の武功をあげた。朝鮮出兵での活躍はのちに虎退治の伝説を生む。槍の

清正　?
虎　生活は日を追って苦しくなった。しかたなく鈍物《どんぶつ》どもに頭を下げる日々に、俺の自尊心が耐えられなかった。
清正　?・?・?
虎　ある夜、寝床から飛び起きると、わけのわからぬことを叫び、山野に飛び出した。そして、気がつくと、俺は虎になっていたのだ。
清正　?・?・?・?・?
虎　…おい。聞いてるか?
清正　?・?・?・?・?・?・?・?・?
虎　「山月記《さんげつき》」だぞ。中島敦《なかじまあつし》だぞ?　ツッコんでもいいんだぞ。
清正　?・?
虎　駄目だ、こいつ。やっぱ武闘派だな。理解不能で、フリーズしちまいやがった。設定を変えよう。よし、最初からやり直しだ。
虎　ガオ〜。…猛虎復活やで!

名手、かつ築城の名手。

清正　むむ⁉　虎が人語を話すとは⁉　しかも関西弁！

虎　やっぱり、タイガースは岡田さんがええな？

清正　ああ。最悪、星野さんでもええわ。

虎　…どうやら、この設定なら理解できるようだな。

清正　♪　六甲おろしに〜

虎　歌わんでいい！

清正　人語を話す虎ゆえ愛着はわくが、生かしておいては人を襲い、害をなす。この加藤清正が退治してくれようぞ。

虎　お前にできるかな？

清正　ふふふふ。俺の槍は凄いぞ。なにしろ、かつて「賤ヶ岳の七本槍」と言われて、名をはせたのだ。

♪　ハイホー　ハイホー　いくさが好き〜

虎　だから歌わんでいいって！

清正　すまん。

虎　まあ、俺は獣だから、お前に討たれてやってもいい。だが、お前らは、なんでわ

●後陽成天皇
（1571―1617）
第107代天皇。秀吉に関白・太政大臣の位

清正　ざわざ日本くんだりからこんなとこまでやってきて、この国の人々に乱暴をはたらくんだ？

虎　乱暴ではない。対馬《つしま》藩の属国である朝鮮は、当然、太閤殿下に従うべきではないか。

清正　アホか、お前は。朝鮮は対馬藩の属国などではない。

虎　そ、そうなのか？

清正　むしろ、朝鮮は対馬を一属国と見ているほどだ。

虎　知らなかった。

清正　島国の人間はこれだから困るんだ。少しは国際感覚を身につけろよ。

虎　お前、秀吉が何を考えて、この戦いを始めたか、知ってるのか？

清正　「唐入《からい》り」とか「大明国御動座《だいみんこくごどうざ》」と言われておるから知っている。目的は、明国征服だ。

虎　そんなことができると思っているところが、笑ってしまうけどな。秀吉の全体構想がどんなものか、ここに手紙があるから読んできかせてやるよ。

一　明国を平定し、後陽成《ごようぜい》天皇を北京《ペキン》に移し、首都とする。

を与え、聚楽第にも行幸した。関ヶ原の戦い後、家康を征夷大将軍に任じるが、従来の天皇専権事項も握られる。子・後水尾天皇との不和のうちに崩御。

●豊臣秀次
（1568―1595）
秀吉の甥で羽柴秀次を名乗っていたが、秀吉嫡男・鶴松の死去により養子となり、豊臣姓を贈られ、関白となる。

●羽柴秀保
（1579―1595）
秀吉の甥。秀次の弟。叔父・秀長の養子になり、秀長没後に家督を継ぐ。

清正　そういう噂は聞いておる。

虎　一　豊臣秀次を明国の関白とし、日本の関白には羽柴秀保《ひでやす》か宇喜多秀家《うきたひでいえ》かを選ぶ。

清正　ほう、なかなかの人選ではないか。

虎　感心してる場合か。では、こういうのは、どうだ？

一　日本の皇位には、良仁親王《ながひと》か智仁親王《としひと》かを即位させる。

一　朝鮮には、織田秀信《ひでのぶ》か、羽柴秀勝《ひでかつ》かを置いて、支配させる。

清正　気に入らんな。

虎　そうだろ？

清正　まだ、俺の名前が出てこない。

虎　そこかいっ！

では、最後にこういうのもあるんだ。

一　秀吉は寧波《ニンポー》に移り、天竺攻略にあたる。

清正　な、なんと、天竺まで攻めようと⁉

虎　秀吉ってのは誇大妄想か？　お前ら、少しはおかしいと思えよ。

清正　たとえおかしいと思っても、主君の命とあっては、従わなくてはならんのだ。そ

●宇喜多秀家
（1572―1655）
秀吉の寵臣として数々の武功をあげ、五大老の1人となる。

●良仁親王
（1638―1685）
後水尾天皇の第八皇子。

●智仁親王
（1579―1629）
後陽成天皇の弟。

●織田秀信
（1580―1605）
信長の嫡孫。幼名を三法師。清洲会議の結果、秀吉によってわずか3歳で擁立される。元服

こが封建制度の限界というもので…。

虎　ふん。人間なんて、つまらんもんだな。

清正　言われてみると、そうかもしれんな。……俺は今、肥後《ひご》半国を与えられている。この戦いで手柄を立てて日本に帰ると、半国が一国になるかもしれん。だが、それがなんだというのだ。戦いに明け暮れ、国を一つ獲れば、もう一つ。そこを獲ればまたもう一つと……きりがない。

人間は誰でも猛獣使いであり、その猛獣にあたるのが、各人の性情だという。武将の場合、征服欲が猛獣なのかもしれない。

虎　…お前、けっこう「山月記」、わかってるじゃないか。

清正　な～んて、安心させてな。えいっ、死ね！（槍を刺す）

虎　う、ぐ！　ガ、ガォ〜〜〜………

❖

後、岐阜城主となる。

●羽柴秀勝
（1568―1586）
織田信長の四男。秀吉の養子に入った。秀吉に従って各地を転戦。明智光秀の旧領丹波を安堵される。

●寧波
現在の中国浙江省にある港湾都市。

◆朝鮮侵略◆文禄の役は、明の救援軍の参加によって長期化し、やがて講和した。が、講和文章にある「明国によって、秀吉が日本国王に認められる」という部分に、秀吉が激怒。五年後、もう一度「慶長の役」がおこることになる。

醍醐の花見 ［1598］慶長三年

❖登場人物

北政所《きたのまんどころ》（秀吉の正室・おね・50歳）

淀殿（秀吉の側室・かつての茶々・31歳）

❖場所　**京都・醍醐寺《だいごじ》**

秀吉は、京都・醍醐寺で花見の会を開いた。正室・北政所とともに、淀君、松《まつ》の丸殿《まるどの》、三丸殿《さんのまるどの》、加賀殿《かがどの》…といった側室たちも出席。近親者を中心に、千三百人に及ぶ盛大な花見会となった…。

北　なんときれいな桜でしょう。

淀殿　ほんに、空全体が花になったようです。

北　元々桜の名所・醍醐寺に、太閤様は今回、七百本もの桜を移植したとか。

淀殿　みずから庭の造作をご指示なさったりと、大変な気の入れようらしく。

北　今もそれ、あそこ。……赤い傘の下で、楽しそうにはしゃいでおられる。

●北政所（1548―1624）
豊臣秀吉の正室。実名をおね。秀吉の関白就任とともに、北政所と呼ばれた。秀吉との間に子どもはないが、加

淀殿　太閤様は、以前からこんなに桜好きでしたかねえ?
北　あら、昔から好きだったのよ。
ま、私は「正室」としてもう三十五年ですからね。太閤様の若い頃のことも、ぜ～んぶ知ってますの。あなたはご存じないかもしれませんが。
淀殿　(ムッ…)
北　あなたは、いつから「側室」になられたんでしたっけ?
淀殿　……十年前です。
北　たった十年ではねえ…。
淀殿　さすが北政所様。そのお顔のシワの数だけ、思い出があるんでしょうねえ。
北　(ムッ…)
淀殿　…美しい桜ですこと。
北　美しいわねえ。
淀殿　おほほほほほ……
北　あはははは……
二人　……フン!

藤清正や福島正則を親代わりになって育て上げた。秀吉没後は仏門に入り、高台院と名乗り、隠棲する。

●淀殿
(1567―1615)
豊臣秀吉の側室。実名は茶々。浅井長政の長女で、母は信長の妹・お市の方(小谷の方)。母の再婚相手である柴田勝家滅亡にともなって秀吉に引き取られ、のちに側室になる。鶴松を産むが早世。秀頼を産んで以降、後見役として権勢を振るう。が、のちに大坂夏の陣で惨敗、秀頼とともに自刃する。

淀殿　（桜を見上げて）それにしても、きれいな桜よねえ。
北　桜もきれいですが、ずらりと揃った女房衆も美しいこと。
淀殿　小袖《こそで》も帯もこの日のために用意され、二度の衣装替えもあるとか。
北　本日ご参加の、側室・松の丸殿、側室・三丸殿、側室・加賀殿も、おきれいな着物で。
淀殿　（ムッ…）あら、そんなに側室、側室とおっしゃらなくても。
北　いいえ、私はうらやましくて言ってるんですのよ。なにしろ、正室には、皆様にはわからない苦労もいろいろありましてね。
淀殿　………。あ、ほら。秀頼《ひでより》様もあんなにはしゃいで。
北　四、五歳の子というのは、かわいいですねえ。
淀殿　鶴松の時と違い、無事に育ってくれ、母としては嬉しくてたまりません。なにしろ、〝産みの母〟には、皆様にはわからない苦労もいろいろありましてね。
北　（ムッ…）私に子がないのはあきらめるとして、こんなにたくさんの側室の中で、お子ができたのがあなただけというのも不思議ですねえ…。しかも、太閤様がもう還暦《かんれき》に手が届こうかという時に突然、ですよ。

●醍醐寺
現在の京都市伏見区醍醐東大路町にある寺院。

●松の丸殿
実名を京極竜子。浅井氏の主家にあたる京極家出身。淀殿とは従姉妹同士になる。

●三丸殿
信長の六女。蒲生氏郷の養女から秀吉の側室になる。

●加賀殿
前田利家の三女。実名を摩阿。病弱で、のちに側室を退く。

淀殿　あら、何がおっしゃりたいのでございましょうか？

北　いえ、もちろん、お世継ぎができて、大変おめでたいということです。

淀殿　そうですよねえ。

北　あはははは……

淀殿　おほほほほほ……

二人　……フン！

北　（桜を見上げて）いやんなるくらい、きれいな桜よねえ。

淀殿　長束正家《なつかまさいえ》様、増田《ました》長盛《ながもり》様が茶屋で料理をふるまう趣向、面白いわねえ。

北　でも、味付け、ちょっと薄くなかった？

淀殿　さすが、北政所様は信長様〝ご家来〟のご出身。太閤様お好みの、尾張の味付けがよくおわかりになるんですね。

北　（ムッ）

淀殿　その点私は、母が信長様の妹、父が〝大名〟浅井長政ですから、そういった庶民の機微というものが、いまひとつわからなくて…。

北　高いご身分のお生まれは大変ねえ。でも、あなたより、松の丸殿の方がもっと大

●豊臣秀頼
（1593―1615）
秀吉が57歳の時に生まれた二男。母は淀殿。秀次の自刃で嗣子となる。秀吉没後は、五大老らに守られるが、関ヶ原の戦い後に家康に減封で弱体化させられ、大坂夏の陣に敗れて自刃することになる。

●長束正家
（?―1600）
秀吉の家臣。蔵入地管理や太閤検地の実施に手腕を振るった。数々の役の際には兵糧輸送で活躍。五奉行の末席に連なる。

変でしょう。なにしろ、浅井様の主筋・京極様のご出身ですからねえ。

淀殿　（ムッ、ムッ…）

北　さきほど松の丸殿と盃の順番でもめたのは、ちょっと見苦しかったですねえ。まつ殿が止めに入ってくれて、よかったですが。

淀殿　……。

北　松の丸殿には、あとで私の方から言っておきます。

淀殿　さすが、北政所。この桜の木の年輪のように重ねた経験のお気づかい。

北　あんた、それ褒めてるつもり？　私だって若い時もあったのよ。なによ、この木の年輪。無駄に何年も重ねて。このっ、このっ…（桜の木をゆする）

淀殿　あ、北政所様、そんなに木をゆすったら、桜が散って…

北　桜なんて、散るところが美しいのよ。このっ、このっ……

淀殿　あら、たしかにきれい。

北　このっ、このっ、このっ…

淀殿　おほほほほほ……

北　あははははは……

●増田長盛
（1545—1615）
秀吉の古参家臣。主に内政で活躍して、五奉行の1人となる。

●まつ
（1547—1617）
前田利家の正室。従兄弟の利家に幼くして嫁ぎ、2男9女をもうける。女性ながら文武に通じ、利家を支えた。北政所（おね）とは安土城下の隣人同士として古くから昵懇だった。

二人　……フン！

淀殿　（桜を見上げて）とことん、きれいな桜よねえ。

北　ところで、朝鮮では、まだ戦が続いているのですか？

淀殿　加藤様、小西様、宇喜多様、島津様などがお渡りになっております。

北　戦上手の太閤様ゆえ、きっと今回も勝つことでしょう。

淀殿　もちろんです。勝っていただかなくては、このような花見も、茶会も…料理も、着物も…さまざまな贅沢な暮らしが、できませぬからのう。

北　…きれいな桜よねえ。

淀殿　今が満開ねえ。

北　おほほほほほ……

淀殿　あはははは……

北

二人　……ねぇ〜！

❖

●小西行長
（1555？-1600）
水軍を率いたキリシタン大名。九州肥後宇土城主。堺の豪商の生まれ。

●島津義弘
（1535-1619）
薩摩・大隅の戦国大名。戦国期九州における島津の勢力拡大に貢献した。秀吉の九州討伐に降伏、以降朝鮮出兵に協力するなど友好関係を保つ。（→p212）

◆**醍醐の花見**◆花見会は三月十五日だった。それから二カ月たらずの五月はじめ、秀吉は病に倒れ、八月に没した。家督は幼い秀頼が継ぎ、五大老・五奉行が補佐することになった。

関ヶ原の戦い・1

［1600］慶長五年

◆登場人物

真《さな》田《だ》昌《まさ》幸《ゆき》（戦国武将・53歳）

真田幸《ゆき》村《むら》（その息子・33歳）

◆場所

信濃国・上田《うえだ》城

天下分け目の戦いは「関ヶ原」で行われる。東軍・徳川家康本隊は東海道を西へ、息子・秀忠《ひでただ》軍は東山道を西へと向かった。その秀忠の進路途中に、西軍に属する真田の城がある。秀忠はそれを攻めた…。

幸村　父上、徳川秀忠軍三万八千といえど、恐れることはありませんな。この上田城攻めにもう三日もかけていますが、こっちはまるで平気です。

昌幸　秀忠はまだ若い。実戦の経験がほとんどないのだ。だいたい、徳川ってのは城攻めが下手だ。十五年前、あいつの親父の家康がこの城を攻めたが、ケチョンケチョンに追い返されて、泣きながら帰っていったぞ。

●真田昌幸（1547―1611）地域の小領主から知謀で大名になった武将。その老獪さは当時の大名たちの畏怖の的だった。

幸村　な、泣きながらですか？
昌幸　すまん。そこんとこは、いまちょっと作った。
幸村　このまま一気に攻め出れば、秀忠軍に勝つことができるかもしれません。
昌幸　おお！　お前の持つ真田十勇士を使ってか？
幸村　父上、あれは架空です。
昌幸　え？　いないの？　……残念！　わし、猿飛《さるとび》佐助《さすけ》のファンなのにィ～。
幸村　なに言ってるんですか。
昌幸　だがな、息子よ。この戦は、勝ってはいかんのだ。
幸村　え？　では、負けろというのですか？
昌幸　それもいかん。
幸村　じゃ、どっちなんです⁉
昌幸　息子よ、周囲を見回せ。
幸村　(キョロ、キョロ…)
昌幸　お前も、ベタな反応をするのう。
　いいか？　だいたい、秀吉が死んだあと、五歳の秀頼が豊臣を継ぐってのが、駄

●真田幸村
(1567―1615)

実名は信繁。幸村は伝説上の名前。人質として各地を流転後、秀吉傘下へ。関ヶ原の戦いでは、この第二次上田合戦で秀忠軍の足止めに活躍。

●家康がこの城を…
1585年の第一次上田合戦のこと。真田氏は徳川傘下となっていたが、自領の処分について納得しなかった昌幸が家康に造反、上田城に籠城した。徳川軍は地の利を知る真田軍の猛攻を浴び、多数の将兵を敗死させた。

目なんだ。五大老・五奉行制度が補佐したって、うまくいくわけがない。

幸村　刀と槍で切り開いてきた加藤清正殿・福島正則《ふくしままさのり》殿らが北政所様と一緒になり、片や頭の切れる石田《いしだ》三成《みつなり》殿・長束正家殿らが淀殿と一緒になり、対立してましたからな。

昌幸　体育会系と文科系ってのはソリが合わんに決まっとる。それに、正室対側室でもあるだろ？　あの二人、醍醐の花見の時「ほほほほ…」なんて声をあげて笑い合いながら、お互い目が笑ってなかったと聞くぞ。こういうのは根が深いんだ。それでも、前田利家が生きてるうちは、なんとか両方をおさえておった。

幸村　利家殿は去年お亡くなりになりましたからな。

昌幸　そしたらモゾモゾ動きだしおったのが家康よ。あのタヌキじじいはヤラシイやつだからなあ。あちこちの大名と勝手に姻戚関係を結んで多数派工作よ。

幸村　だんだん、徳川家康対石田三成という構図ができてきましたな。

昌幸　そしてついに、「会津の上杉景勝に謀反の疑いあり！」なんて言いだして、家康は大軍を率いて、大坂から関東に下った。

幸村　でも、「それは誤解です」って弁明してる上杉景勝家臣・直江兼続殿の手紙を見

●真田十勇士
一般的には、猿飛佐助・霧隠才蔵・根津甚八・由利鎌之助・筧十蔵・三好清海入道・三好伊三入道・望月六郎・海野六郎・穴山小助の10人。

●福島正則
（1561—1624）
武勇に長けた大名。幼少から秀吉に仕えたが、反石田三成派であったため、家康と距離が近くなり、関ヶ原の戦いは東軍で奮戦。

●石田三成
（1560—1600）
秀吉に見出され近侍として仕える。秀吉側近

昌幸　ましたよ。あれ、筋が通ってたなあ。
　　　ああ。わしも写しを見た。直江状ってんだろ？　だけど、家康にとっては、筋なんて通ってようと通ってまいと、どうでもいいんだ。要は、武闘派の連中を引き連れて関東に向かう口実があればよかったんだから。

幸村　でも、こんな時に大坂を留守にすると、危なくないですか？

昌幸　それが狙いだよ。タヌキじじいの策にはまって、うっかり三成が挙兵したら、家康は軍隊ごと引き返して一気に石田を討つ……という作戦よ。

幸村　それで今、石田三成率いる西軍と徳川家康率いる東軍の、天下分け目の戦いになったんですね。

昌幸　三成は伏見城、大津城を落として東へ。一方、家康の本隊は東海道を下っている。きっと関ヶ原あたりで陣を構えることになるだろう。秀忠軍は東山道を通ったから、今ここにいる。俺たちはそれを引き止め、長引かせ、関ヶ原に着くのを遅らせりゃいいんだ。

幸村　でも、私たちは西軍ですよ。ここで勝ったっていいじゃないですか。

昌幸　バカだな、お前。俺たちがここで勝っても、肝心の関ヶ原で本隊の西軍が負けた

の能吏として兵站、外交に力を発揮、検地政策にも大きく関与した。秀吉没後、武断派に襲撃され引退するが、家康の上杉討伐を機に、家康打倒を掲げて開戦、関ヶ原の戦いとなる。

らどうする？

幸村　あ。

昌幸　そういう時のために、お前の兄・信之を東軍側につけといたんだ。妻・小松姫が徳川方の人間だから、という理由だけではない。もし、東軍が勝ったら、信之が……（突然、ガバと土下座する）、「家康様〜、お許しください！　父も弟も悪気はなかったんです！　ちょっと魔がさして西軍側についちゃっただけなんです。上田城で秀忠様と戦ったけど、別に勝ったわけじゃないでしょ？　だから、二人の命だけは助けてやってくださ〰〰〰〰い！」とウソ泣きでもすりゃ、いいんだ。

幸村　西軍が勝ったら？

昌幸　逆に決まってるだろ。「どーです。三成様、我々親子が秀忠軍三万八千を引き止めておいたから、関ヶ原で西軍が勝てたんですよ。はっはっはっ…。（再び、ガバと土下座して）ついては、東軍に味方した信之を助けてやってください！　あいつに悪気はなかったんで

●直江状
大まかな内容は以下の通り。「主君景勝は最近加増されたのだから、大勢の家臣を召し抱え、城や石垣を修繕するのは当然。武具や兵糧を集めるのは、われらが粗野な東国の田舎武士だから。上方の武士は香り高い茶器などを集めるが、これは文化の違い。これらをもって謀反の疑い有りと言うのは言いがかりだ。どうしても景勝を謀反人に仕立てあげたいのなら相手になる。」

●真田信之
（1566―1658）
真田昌幸の長男。幸村

す！　ちょっと魔がさして東軍側についちゃっただけなんです。命だけは助けてやってくださ〰〰い！」

と、やっぱりウソ泣き。

幸村　演技派だなァ…。

昌幸　これで、東西どっちが勝とうと、わが真田一族は残るというわけだ。そもそも真田家は武田の家臣だが、信玄公が亡くなって北条↓織田↓本能寺の変で上杉↓また北条↓徳川↓また上杉↓豊臣…とその場その場で強そうな側についてて生き延びてきたんだからな。さあ、また城外の秀忠軍の相手をしてくるか。生かさぬように、殺さぬようにな。ふっふっふっ……。（去っていく）

幸村　タヌキじじいの家康より、父上の方がよっぽどヤラシイなぁ…。

❖

（信繁）の兄。家康に認められ、養女・小松姫をめとらせる。関ヶ原の戦いでは東軍で活躍し、のちに西軍で敗れた父と弟の助命嘆願をする。92歳まで生きた。

●小松姫（1573—1620）信之の妻。本多忠勝の長女で家康の養女。関ヶ原の戦いの後、蟄居となった昌幸・幸村に食料などを送り続けた。

◆関ヶ原の戦い◆会津を攻めるため下野国小山《おやま》まで来た家康軍は、ここで会議を開き、諸将に三成の挙兵を告げた。東軍西軍どちらにつくかは各自の自由意思にまかせたが、結果的にほぼ全軍を東軍に引き入れることに成功。反転して関ヶ原に向かった。

関ヶ原の戦い・2

［1600］慶長五年

❖登場人物

小早川秀秋《こばやかわひであき》（戦国武将・18歳）

その家臣

❖場所

美濃国関ヶ原・松《まつ》尾《お》山

関ヶ原では、東軍七万四千・西軍八万四千という布陣になった。九月十五日。早朝は小雨が降り、霧が一面を覆っていた。午前八時、しだいに視界が開けてきた頃、戦闘は開始した…。

秀秋　いよいよ、天下分け目の決戦「関ヶ原の戦い」じゃ。

家臣　御意。

秀秋　現在、わが西軍の石田三成隊と宇喜多秀家隊は、破竹の勢いで、東の家康軍を蹴散らしている。

家臣　御意。

●小早川秀秋
北政所の兄の子だが、秀吉の命で小早川隆景の養子に入る。関ヶ原の戦いでは西軍から東軍へ寝返る。

秀秋　そろそろ、この松尾山に陣取る、われら小早川隊一万五千も出陣じゃ！
家臣　御意。…して、殿、いったいどっちに？
秀秋　あ〜もー、困った！　東軍・西軍、どっちにしよ〰〰。
家臣　まだ決めかねているのですか？
秀秋　だって、ボク、今は小早川って名乗ってるけど、元は秀吉様の養子だよ。羽柴秀《ひで》俊《とし》だよ。
家臣　たしかに、亡き太閤殿下には大恩がありますな。すると、現在のまま西軍・石田側で？
秀秋　でも、羽柴の前は木下秀俊で、ボクにとって、おねは叔母ちゃんなんだ。
家臣　たしかに、かつての北政所つまり高台院《こうだいいん》様は、叔母上にあたりますな。
秀秋　その高台院は家康側で、
「わかってるわね？　あんた、東軍につくのよ」って言うんだ。
家臣　すると、東軍・家康側に寝返るので？
秀秋　でも三成殿は、
「ここだけの話、勝ったあとは関白にしてさしあげましょう」

●高台院様
北政所のこと。
（↓p190）

と誘ってくれたんだ。関白だよ、関白！

家臣　では、西軍のままでいいんですね？

秀秋　だけど家康殿もね、

「東軍に味方してくれれば、上方《かみがた》に二カ国をさしあげましょうぞ」

なんて言うんだよ。やっぱ上方だよね、由緒あるお寺も神社もいっぱいあるし、

名所も多いし…。

家臣　…………。

秀秋　あ、そりゃ、今の筑前《ちくぜん》もいいよ、もちろん。魚もおいしいしね。筑前、好《す》いとうばい。

家臣　別に、無理矢理な博多弁を使わなくても結構です。では、東軍に寝返るのですね？

秀秋　う〜ん…どうしようかな。今んとこ、西軍の方が優勢だよね？

家臣　ここから見るところ、一進一退ではありますが、石田軍、島軍、宇喜多軍、小西軍などが押しております。

秀秋　だから、裏切ったのはいいものの、西軍が勝ったらどうしようかと…。

家臣　殿、石田三成殿から伝令の手紙が届きました！　読みます。

秀秋　「なにぐずぐずしてるんだ。いまこっちはイケイケなんだから、お前も早く参戦せんかい！　ボケッ！」とのこと。
家臣　…こ、こわいな、あの人。
秀秋　殿、今度は徳川家康殿からの伝令です！　読みます。
家臣　「おめえ、まさか約束を忘れたんじゃないだろうな？　早く寝返るんだ、この野郎！」だそうです。
秀秋　…こ、こっちも乱暴だな。
家臣　そりゃ、戦ですからな。さあ、どっちにするんですか？
秀秋　う〰〰〰〰〰ん、悩む〰〰〰。どうしよう？？？
家臣　あ、こういう時は…。この小刀を石田側とする。（と置く）
秀秋　小刀？
家臣　で、この扇を徳川側とする。（と置く）
秀秋　扇？
家臣　「ど・ち・ら・に・し・よ・う・か・な、か・み・さ・ま・の・い・う・と・お・り」

家臣　小刀…石田側ですね？
秀秋　「…に・す・る」
家臣　扇…徳川ですか？
秀秋　「…か・も・し・れ・な…」
家臣　いいかげんに決めてくださいっ！
秀秋　そ、そんなに殺気立たなくても。
家臣　だから、ここは戦場なんです！　殺気立つ場所なんですって！
秀秋　わ、わ、なんの音だ!?　鉄砲か？
家臣　東軍・家康側から、鉄砲隊の威嚇《いかく》射撃です。どうやら、「お前、どっちにつく気だ？」という脅しですな。
秀秋　よしっ！　東軍に寝返る。
家臣　東軍ですな？
秀秋　でも、のちの世に何と言われるか。
家臣　西軍ですか？
秀秋　さにあらず…

家臣　東軍？

秀秋　しかれども…

家臣　西軍？

秀秋　あにはからんや…

家臣　ああ〜、もう、どっちなんですかっ！

秀秋　と、とにかく出陣！　皆の者、続け！　なんでもいいから、最初に出会った相手を叩けええええ！（走り出す）

家臣　………こんな殿についていって大丈夫なんだろうか？　ついていくか、いかないか？
「ど・ち・ら・に・し・よ・う・か・な、か・み・さ・ま・の……」

❖

●最初に出会った…西軍の大谷吉継を襲った。つまり、東軍に寝返った。

◆関ヶ原の戦い◆この小早川秀秋の裏切りをきっかけに、これまで優勢だった西軍側は徐々に崩れていく。ちなみに、秀秋は戦後、上方ではなく、備前《びぜん》・美作《みまさか》五十一万石をもらう。しかし、わずか二年後に狂死。結局、小早川家はお家断絶となった。

関ヶ原の戦い・3

［1600］慶長五年

❖登場人物

石田三成（戦国武将・40歳）

島左近（その家来・60歳？）

❖場所

美濃国関ヶ原・笹尾《ささお》山

時刻は正午あたり。小早川秀秋の寝返りをきっかけに、戦況はしだいに東軍側に傾いていった。

石田　おかしいよなあ…。変だよなあ…。
左近　殿、どうしたんです？
石田　左近、この関ヶ原布陣図を見てくれ。（大きな紙を広げる）西軍は、わが石田軍と島軍が、この笹尾山にいるだろ。で、横に島津義弘《よしひろ》軍と小西行長軍。隣の天満山《てんまやま》には宇喜多秀家と大谷吉継《おおたによしつぐ》たち。

●島左近
筒井家を出てのち、浪人していたところを石田三成に破格の高禄で請われ、仕える。

●大谷吉継
（1559―1600）

そして松尾山には小早川秀秋。
…という鶴翼の陣を組んで、対する桃配山《ももくばりやま》の東軍大将・家康を囲んでいる。
さらに、家康後方の南宮山《なんぐうさん》には、西軍側の毛利秀元《ひでもと》と吉川広家《きっかわひろいえ》。そばに安国寺、長束、長宗我部《ちょうそかべ》を配している。
これって完璧な布陣じゃないか？　軍師のお前が見て、どうだ？

左近　いい布陣です。

石田　だろ？　ほれぼれする。しかも東軍は、徳川の主力・秀忠軍がまだ来てないんだ。
なんでか知らないけどな。これ、どう見ても、こっちの勝ちだろ？

左近　布陣図を見るかぎり、そうです。

石田　なのに、なんで今、わが西軍はどんどん劣勢になってるんだ？

左近　おそらく、この小早川が寝返ったことで、引きずられて脇坂《わきざか》、赤座《あかざ》、朽木《くちき》…など
という連中も寝返っているようです。

石田　そうか！　「寝返り力」があったか。

左近　は？　普通、「寝返り」に「力」はつかないのでは？

石田　いや、実はな、私はこういうものを作ってたんだよ。

出自は諸説ありはっきりしないが、賤ヶ岳の戦いで功績があり、その後石田三成とともに兵站などにあたる。上杉討伐への途上、佐和山城の三成から家康打倒の計画を知らされ、反対するが、行動をともにすることを決意。

●毛利秀元
（1579—1650）
●吉川広家
（1561—1625）
関ヶ原の戦いの毛利氏を差配していた2人。広家はひそかに東軍と内通し、所領安堵と引き換えに不戦協力を約束。西軍不利と見るや早々に戦線離脱した。

左近　なんです、その大量の紙片。カルタですか？　百人一首ですか？

石田　主な武将一人一人を、戦闘能力で分析した紙片なのだ。たとえば、ほら、大谷吉継の紙片は…

大谷吉継（火の一門）	
攻撃力	★★★★★
防御力	★★
人望	★★★
生命力	★
進化段階	★★★★

石田　つまり、ここに「寝返り力」を足すのを忘れてたってことだな。

左近　戦国トレカかっ！　…しかもありがちな。

石田　ちなみに、私自身のは、こうなっておる。

石田三成（水の一門）	
攻撃力	★★★
防御力	★★★
人望	★
生命力	★★★
進化段階	★★★

●長宗我部　前年に父の死により家督を相続した当主・盛親は、東軍に与しようと考えたが、長束正家に進路を阻まれ西軍に参加。関ヶ原では家康に内応する吉川広家に阻まれ、戦闘に加わることができなかった。

●脇坂、赤座、朽木…　ともに西軍に属したが東軍へ寝返った武将。脇坂安治は事前に東軍に働きかけていて、戦後に所領安堵された。

左近　うーむ。全体的にソツのない平均点で、人望だけが低い。さすが冷静に自分を見ておりますな。

石田　よおし、紙片を山に戻して最初からやり直しだ。みんな～、元の位置に戻れ！

左近　そういうもんじゃないでしょ！

石田　いや。そうできたらいいな、と思って……。

左近　私が見たところ、吉川広家もあやしい。

石田　そういえば、あそこもまったく動いてないな。

左近　あれは、日和見と見ました。

石田　なるほど、左近はかつて筒井順慶に仕えておった。日和見については一家言あるだろうからな。

左近　お恥ずかしい。

石田　家康は、各武将に百五十もの手紙を出して、寝返り、内応、日和見…などの密約を働きかけているという。驚くべきは、家康の「陰謀力」だな。

左近　そうか。あの時「秀吉・毛利・足利義昭・家康黒幕説」もあったかも？

石田　なんの話だ？

左近　筒井家を辞したあと浪人をしていた私を、大きな石高《こくだか》で雇ってくれた三成殿には感謝します。感謝はしますが…、殿、どうやら、これは負け戦。

石田　う、ううむ……。……。おおっ、見ろ。やはり、この先、徳川の世になってしまうのか。悔しいのう東軍の正面・家康軍に向かって突き進む！　いよいよ西軍の逆襲だ！　しかも、今までじっとしていた島津が、ついに動いたぞ！

左近　いや。あれは退却ですな。

石田　退却？　敵の正面に向かってか？　そんな無謀な！

左近　たしかに、無謀な試みです。おそらくあれでは、逃げきれたとしても、百人と残りますまい。

しかし「前に退く」という無謀なことに成功すれば、徳川は「島津は恐ろしい」と思います。戦後、徳川も、簡単に領地を没収できないでしょう。

失礼ながら、三成殿に必要なのは、そういった豪胆なお振る舞いではないかと……、殿、殿、さっきからゴソゴソなに書いてるんですか？　私の言うこと、聞いてます？

●「前に退く」
島津義弘は関ヶ原の戦いでは西軍に属した。小軍勢を率いて敗れるが、東軍側正面から敵

石田　できた！　修正したぞ。最初から、こう作ればよかったんだな？

左近　だから、戦争は机上のゲームじゃないんですって！

❖

中突破、家康本陣近くまで迫って退却。のちに「島津の退き口」と呼ばれた。

◆関ヶ原の戦い◆天下分け目の戦いは、雪崩《なだれ》をうつように東軍側に傾き、午後三時頃には、東軍の勝利が明らかになっていた。ちなみに、わずか一日で決したため、上田で真田昌幸・幸村親子に苦しめられた秀忠軍は、結局間に合わなかった。

江戸幕府 [1603] 慶長八年

❖**登場人物**

徳川家康（戦国武将・61歳）

八五郎（大工・江戸っ子）

❖**場所** **武蔵国・江戸城**

徳川家康は征夷大将軍となり、江戸に幕府を開いた。秀吉によって江戸に移封されてから13年。江戸城と江戸の町は少しずつ整備されていた。その江戸城で、家康は回想にふけっていた…。

家康　「幕府」か。「幕府」なぁ…「幕府」。いい響きだ。
正直言って、若い頃は、自分が幕府を開けるとは思わなかったのう。
あれは、私が人質として誘拐された時……

回想…………

信長　どこ見てんだよ。お前のことだよ、五百貫。

竹千　ぶ、ぶれいいな。わたしにはちゃんと、竹千代というなまえがある。

【関ヶ原後の諸大名】
●領地没収
石田三成（近江佐和山19万4千石・刑死）
宇喜多秀家（備前岡山57万4千石・流刑）

竹千　……

竹千　お兄ちゃんはだれ？　…あ、わかった！　吉法師あらため織田信長だね？

信長　よくわかったな。

……

竹千　（本心なんか言うもんか。ふん。しんせきだろうと、のぶながだろうと、だれもしんようしないんだからな！）

家康

あの時、信長殿に会ったんだよな。まさかのちに、天下を獲る人になるとは思わなかった。ただの、うつけ者だったしな。

あのあと再び、信長殿に会ったのは…

回想

信長　おう、八百貫、元気だったか？

元康　八百？

信長　お前が尾張に売られてきた時が、五百貫だったからな。大人になって、今じゃ八百貫ぐらいの値打ちにはなってるだろ。

……

小西行長（肥後宇土20万石・刑死）
大谷吉継（越前敦賀5万石・戦死）

●減封・転封
毛利輝元（広島１２０万5千石→周防長門36万9千石）
上杉景勝（会津１２０万石→出羽米沢30万石）

●加増
小早川秀秋（筑前名島35万7千石→備前・美作51万石）

●本領安堵（処分なし）
島津義弘（56万石）

信長　よし。これで同盟成立だ！　ハハハハハ！

元康　（戦国の世の約束なんて、あってないようなもの。どうせ、どっちかが破るにきまっている。本当は、誰も信用なんかしないからな。）

…………………

家康

結果的にわしの人質生活を終わらせてくれたのが、信長殿だったのう。

あのままいけば、わしが幕府をつくれるはずもなかった。

しかし、まさか信長殿が……

回想

……………………………………………………

家康　だ、だ、だ、大丈夫か？　誰もつけてないか？

忍者　ご安心を。

家康　こ、こ、このあたりは、地侍や野盗のたぐいが、うようよいるのだろう？

………

家康　わわわわ！　急に人数が増えた⁉　おぬしら、どこから現れた？

忍1　これぞ「伊賀忍法・分身の術」！

………

家康　おお、なんということだ。着物の中は丸太ン棒⁉

忍者　…ふふふ。ここです。これぞ「伊賀忍法・変わり身の術」！

………

家康　（ふん。いくら助けてもらおうとも、わしは誰も信用しないのだ。）

家康　あの「伊賀越え」は恐ろしかった。
だが、今にして思えば、いろんな忍術が見れて面白かったのう。
あののち江戸に移ってきた時は、正直なところ、ガッカリしたぞ。

回想

家康　いどっ子？

八五　「いど」じゃない、「いど」！　ここ、江戸《いど》だよ。

家康　ああ。江戸か。ずいぶん訛ってるな。

………

八五　いそいで帰って、友だちの熊公に教えてやんなきゃ。

家康　（わしは誰も信じないが、自分自身の言ったことさえ信じないのだ。戦だって、これで終わりだとは思わんしな…。）

家康　いかん、いかん。走馬灯のように昔を思い出してどうする！　わしはここで死ぬわけじゃないんだ！　まだまだ生きて、徳川の世を盤石《ばんじゃく》にしなくては。
しかし、こうして振り返ってみると、わしは、まるで他人を信用してないことが

八五　わかるな。我ながら、嫌なやつだのう。

家康　…っぴらごめんなすって。おぅ、家康の旦那、なんでも幕府を開いたそうじゃねえですか。めでてぇこった。

八五　家康　おお、お前はあの時の八五郎！　……ずいぶん垢《あか》ぬけたな。

あったりめえだ、べらぼうめ。こちとら江戸っ子でい。

家康　町が変わると、人も変わるんだな。

八五　あの時、家康の旦那に教えられたとおり、大工《でえく》になりやしてね。おかげさんで、仕事はひっきりなしだ。

八五　それはよかった。

家康　で、そのお礼に、てーを持ってきた。

八五　てー？　てーとは何だ？

家康　てーだよ。わかんねぇかな。赤い魚でさ、めでてぇ時に食べる、鯛《てー》。

八五　ああ。鯛か。

家康　鯛《てー》はなんと言っても刺し身だけど、上方の方じゃ、こいつをてんぷらにして食うのが流行ってるらしいぜ。

家康　て、てんぷら？

八五　葛粉をつけて、カヤの油で揚げるんだってよ。ま、騙されたと思って食ってみな。じゃあな、おいらは急ぐから、これで失礼するぜ。達者でな。（去る）

家康　ああ、八五郎…、これ……、行ってしまった…。以前は、あんなにのんびりしてたのに…。わしは、江戸っ子というのをいそがしい人間にしてしまったのかもしれんな。今までわしは、他人を信用しないで生きてきたが、ああいう庶民の言うことは信用してもいいだろう。鯛のてんぷら、か。いつか食べてみることにしよう。

❖

◆江戸幕府始まる◆「織田がつき　羽柴がこねし　天下餅　座りしままに　食うが徳川」。戦国の世は終わり、ここから二百七十年にわたる徳川幕府が始まる。家康は二年後、将軍を秀忠に譲る。将軍職が徳川の世襲であることを示すためだ。家康は駿府に移り、七十四歳まで生きた。

おわりに

戦国時代を終わらせて〜徳川家康に訊く

❖登場人物

◆**徳川家康**（元・戦国武将で、元・初代将軍）

◆**インタビュアー**（現在フリーアナとして活躍中。一児の母で、最近は食育に関する講演活動もしている）

——というわけで、天国のというか、極楽のというか…東照大権現・徳川家康さんをお招きしました。

家康　まさか、のちに鯛のてんぷらを食って死ぬとは思わなんだ。

——てんぷらというより、あれはから揚げですけどね。

家康　やっぱり、他人は信用するものではないな。

——あいかわらず、疑り深いんですねえ。

家康　あたりまえじゃ。疑って、難癖つけて、騙して、裏切らせたあげくに…わしは天下を獲ることができたのだから。

——そのマイナス・イメージ、今も引きずってますよ。

家康　他人に何と言われようとかまわん。誰かが一人勝ちしない限り、あの戦国時代は終わらなかったのじゃ。それが、たまたま徳川だった。

——そうかもしれませんねえ。

家康「人の一生は、重き荷を…

——お、出ましたね。お得意の言葉!

家康…重き荷をなるべく他人に背負わせ、人を信用せず生きるがごとし」

——…そ、そんなのでしたっけ?

家康…では、わしはこのへんで失礼する。このあと、麻雀の約束があるのでな。

——麻雀って、四人ですよね? 他のメンバーは信長さんと、秀吉さん?

家康ああ。

——もう一人は誰なんですか? …あ、光秀さん?

家康いや。

——まさか、三成さんじゃないですよね?

家康違う。

——誰なんですか?

家康息子の秀忠じゃ。あいつとは内緒のサインを決め、二人でイカサマをして、徳川が一人勝ちする手はずになっておる。

——変わってないですねぇ…。

本日はどうも、ありがとうございました。

戦国史主要項目年表

年	元号	
1495	明応4	北条早雲、小田原城を攻める
1505	永正2	管領細川家と畠山家の争い、起こる
1526	大永6	駿河守護の今川氏親、家法の今川仮名目録を定める
1543	天文12	鉄砲が伝来する
1549	天文18	キリスト教が伝来する
1553	天文22	川中島の戦い(第一次)で、長尾景虎(上杉謙信)と武田晴信(信玄)が戦う
1557	弘治3	毛利元就、長門を平定する
1560	永禄3	桶狭間の戦いで、織田信長が今川義元を倒す
1561	永禄4	川中島の戦い(第四次)、起こる
1562	永禄5	信長と徳川家康の清洲同盟、成る
1567	永禄10	松永久秀、大仏殿を焼く
1568	永禄11	信長、足利義昭を将軍として奉じて入京する
1570	元亀元	姉川の戦いで、信長・家康が、浅井長政・朝倉義景を破る
1571	元亀2	信長、比叡山を焼き討ちする
1573	天正元	信玄、死去する
		信長、義昭を追放し、室町幕府滅亡
1575	天正3	長篠の戦いで、信長・家康が、武田勝頼を破る
1576	天正4	信長、安土城を築く
1580	天正8	石山本願寺が信長に屈服、石山合戦、終わる
1581	天正9	信長、京都大馬揃えを催す
1582	天正10	本能寺の変で、明智光秀、信長を自刃させる
		山崎の戦いで、羽柴秀吉が光秀を倒す
1583	天正11	賤ヶ岳の戦いで、秀吉が柴田勝家を倒す
1584	天正12	小牧・長久手の戦いで、家康が秀吉を破るが、のちに和睦する
1586	天正14	秀吉、太政大臣となり、豊臣姓を賜る
1588	天正16	刀狩り、実施される
1590	天正18	秀吉、小田原城に北条氏を攻める
		家康、関東に移封される
1592	文禄元	文禄の役で、秀吉、朝鮮に出兵する
1597	慶長2	慶長の役で、秀吉、朝鮮に出兵する
1598	慶長3	秀吉、死去する
1600	慶長5	関ヶ原の戦いで、家康率いる東軍が圧勝する
1603	慶長8	家康、征夷大将軍に。江戸幕府開幕

参考文献

『日本架空伝承人名事典』　平凡社
『日本史人物辞典』　山川出版社
『日本史人物逸話事典』　鈴木亨編著　学習研究社
『日本史人物事典』　児玉幸多監修　講談社
『戦国人名辞典』　吉川弘文館
『戦国人名事典』　阿部猛・西村圭子編　新人物往来社
『日本史小百科・家系』　豊田武　東京堂出版
『集英社版・日本の歴史⑪天下統一』　熱田公　集英社
『集英社版・日本の歴史⑱日清・日露戦争』　海野福寿　集英社
『日本社会の歴史（下）』　網野善彦　岩波新書
『早わかり戦国史』　外川淳編著　日本実業出版社
『戦国武将　戦略・戦術事典』　小和田哲男監修　主婦と生活社
『天下取り採点　戦国武将205人』　新人物往来社
『図説戦国武将おもしろ事典』　奈良本辰也　三笠書房
『戦国武将なるほど事典』　磯貝正義　実業之日本社
『戦国最強の名将・智将がわかる本』　泉秀樹　ＰＨＰ研究所
『図解・戦国史　大名勢力マップ』　武光誠　ローカス
『江戸・東京の地理と地名』　鈴木理生　日本実業出版社
『東京の地名がわかる事典』　鈴木理生　日本実業出版社
『李陵・山月記』　中島敦　新潮文庫
『日本史小年表』　山川出版社
『戦国武将お墓参り手帖』　武士カルチャー研究所編　芸文社

著者　**藤井青銅**［ふじい　せいどう］

作家・エッセイスト・脚本家。第1回「星新一ショートショートコンテスト」入選を機に作家・放送作家として活動、「夜のドラマハウス」などで数多くのラジオドラマを書く。また、初のヴァーチャルアイドル「芳賀ゆい」や、腹話術のいっこく堂などのプロデュースでも活躍する。著書多数。ロングセラーの『「超」日本史』(扶桑社文庫)、日本史の重大事件をHP形式やブログ形式で表した『歴史Web』(日本文芸社・金谷俊一郎監修)、『戦国武将お墓参り手帖』(芸文社・武家カルチャー研究所名義)など、日本史関連著書も多い。著者オフィシャルホームページ「青銅庵」 http://www.asahi-net.or.jp/~MV5S-FJI/

笑ふ戦国史

2009年10月10日　初版第1刷発行

著者　藤井青銅
発行人　大賀　勉
編集　小田部信英
発行所　株式会社芸文社
〒170-8427　東京都豊島区東池袋3-7-9
電話　03-5992-2051(販売)／03-5992-3444(編集)

印刷・製本　三晃印刷株式会社

19cm／224p　N.D.C 210　ISBN 978-4-86396-002-2